웹소설 작가를 위한 장르 가이드 7

호러

웹소설 작가를 위한
장르 가이드 ⑦

Horror
호러

김봉식·김종일 지음

북바이북

웹소설이라는 낯선 단어가 눈에 띄기 시작한 것은 2010년
이후였다. 웹툰이 먼저 자리를 잡고 있었다. 인터넷으로 볼
수 있는 만화인 웹툰은 90년대 말부터 등장했다. 인터넷 소
설과 마찬가지로 대중의 눈을 끌다가 네이버와 다음 등 포
털에서 대대적으로 연재를 시작하면서 기존의 출판만화를
완전하게 압도했다. 강풀과 조석 등 웹툰으로 시작한 스타
작가가 등장하고, 출판만화에서 웹툰으로 넘어온 윤태호
작가의 〈미생〉이 단행본 만화로 출판되어 200만 부를 넘
어서고 드라마로도 성공을 거두는 등 지금의 웹툰은 대중
문화의 중심으로 우뚝 서 있다. 그런 점에서 웹소설은 이미
웹툰이 걸었던 길을 따라간다고 볼 수도 있다.

웹소설 이전에 인터넷 소설이 있었다. 1990년대, 인터넷
이 활성화되기 이전 PC통신 게시판에 올린 소설들이 인기

를 끌었다. 이영도의 『드래곤 라자』와 이우혁의 『퇴마록』을 비롯해 유머 게시판에 올라온 『엽기적인 그녀』와 귀여니의 『늑대의 유혹』 등도 화제였다. 수많은 네티즌이 열광하며 읽었던 인터넷 소설은 책으로 출간되어 수십만, 수백만 부가 팔려나갔다. 『퇴마록』과 『늑대의 유혹』 등은 영화로 만들어졌고, 『엽기적인 그녀』는 한국만이 아니라 할리우드와 중국에서도 영화화되는 등 엄청난 인기를 끌었다. 인터넷 소설의 대중적 인기는 얼마 가지 못해 사그러들었지만, 마니아들은 여전히 남아 있었다.

독자는 언제나 재미있는 이야기를 갈구한다. 최근 조사에 따르면 출판시장에서 국내소설보다는 외국소설이 훨씬 많이 팔리고 있다. 국내소설을 고르는 기준이 '좋아하는 작가'인 것에 비해, 외국소설은 '재미있는 이야기'였다. 국내소설은 여전히 순문학이 주도하며, 문장력과 주제의식이 중요하다고 생각한다. 그래서 흥미롭고 즐거운 이야기를 찾는 독자들은 외국소설을 읽게 된다. 베르나르 베르베르, 무라카미 하루키, 히가시노 게이고, 미야베 미유키…

인터넷 소설이 인기를 끌었던 것도, 당시의 젊은 층에게 어필할 수 있는 이야기와 정서를 가지고 있었기 때문이다. 비슷한 시기 일본에서도 인터넷 소설, 일본판 웹소설이라 할 게타이(휴대폰) 소설이 한참 인기였다. 『연공』, 『붉은 실』 등이 대표적이다. 일본에서 게타이 소설이 젊은 층에게 인기를 끄는 이유는 이랬다. 장르의 애호가가 직접 소설을 쓴다, 연령대가 비슷하여 작가와 독자의 거리가 가깝다, 실시간으로 반응이 오가며 작품에 반영된다, 철저하게 엔터테인먼트 지향이다. 인터넷 소설이 인기 있었던 이유도 비슷했고, 지금 인터넷 소설의 적자라 할 웹소설도 마찬가지다. 과거에는 주로 컴퓨터로 보던 것이 모바일로 바뀌면서 웹소설이라고 이름만 바뀐 것이다.

지금은 '스낵 컬처snack culture'라는 말이 유행이고, 잠깐의 시간을 들여 즐겁게 소비할 수 있는 문화와 오락이 대세가 되고 있다. 그런 점에서 웹소설은 웹툰보다도 간단하고 용이하게 소비될 수 있는 장르다. 이야기도 필요하지만 그림이 필수적인 웹툰과 비교한다면 웹소설은 작가의 진입장벽이 더욱 낮다. 그래서 더 많은 작가가 뛰어들 수 있고 다양한 이야기가 빨리 많이 만들어질 수 있다.

이미 네이버웹소설을 비롯하여 조아라, 문피아, 북팔, 카카오페이지 등 주요 플랫폼에서는 엄청난 양의 웹소설이 올라오고 있다. 네이버웹소설이 공모전을 하면 장르별로 4, 5천 개 이상의 작품이 들어온다. 그만큼의 예비 작가가 있다고 볼 수 있다. 모 플랫폼에서 한 달에 천만 원 이상의 수익을 올리는 작가만 30명이 넘어간다고 한다. 네이버는 그보다 많을 것으로 추정된다. 기존 문단에서 창작으로만 이정도의 수익을 올리는 작가는 열 손가락으로 꼽을 정도다.

과거의 인터넷 소설이 유명무실해진 것은, 작가가 수익을 올릴 수 있는 방법이 종이책밖에 없었기 때문이다. 인터넷 소설을 게시판에 올려도 수익이 없기에 안정적으로 창작을 할 수 없었다. 하지만 지금은 웹툰이 닦아놓은 기반 위에서 웹소설도 유료화 정책이 가능해졌다. 인기를 얻는 만큼 수익도 많아진다. 아직까지 웹소설이 누구나 인기작가 이름을 알 만큼 대중적으로 유명해졌다고 말하기는 힘들지만 산업적으로 자리를 잡아가고 있는 것은 분명하다. 그리고 젊은 층을 중심으로 점점 인기가 높아지고 있다. 종이책으로 따지면, 대중적으로 인지도는 약하지만 라이트 노벨의 판매가 일반 소설에 못지않은 것과 비슷하다.

웹소설은 한창 성장 중이고, 여전히 작가가 필요하다. 하지만 뛰어난 작가의 수는 절대적으로 부족하다. 웹소설을 지속적으로 소비하는 마니아만이 아니라 일반 소설, 재미있는 이야기를 원해 외국소설을 읽는 독자의 마음을 사로잡을 정도의 작품을 내는 작가는 많지 않다. 그렇기에 지금 웹소설 작가에 도전한다면 그만큼 성공의 기회도 많다고 할 수 있다.

형식으로만 본다면 웹소설은 대중적인 장르소설이라고 할 수 있다. 로맨스, 판타지, 무협, SF, 미스터리, 호러 등 장르적인 공식을 이용하여 만들어지는 다양한 이야기를 말한다. 소설과 영화에서 장르가 만들어진 것은 대중의 선택을 쉽게 하기 위해서였다. 각자 자신이 선호하는 장르를 찾아내면 지속적으로 즐기게 된다. 마찬가지로 일본의 라이트 노벨에도 모든 장르가 포함된다. 인기 있는 장르는 로맨틱 코미디, 어반 판타지urban fantasy, 스페이스 오페라space opera, 청춘 미스터리, 전기 호러 등이다. 서구의 할리퀸 소설이 판타지와 결합하고 팬픽이 더해지면서 확장된 영어덜트young adult 역시 수많은 장르를 포괄한다.

그러니 웹소설을 쓰겠다고 생각한다면 일단 장르에 대해 고민해볼 필요가 있다. 내가 어떤 장르를 가장 좋아하는지, 어떤 장르를 가장 잘 쓸 수 있는지… 보통은 내가 좋아하는 장르를 쓰는 것이 제일 수월한 길이다. 내가 보고 싶은 작품을 내가 쓰는 것. 그러기 위해서는 내가 많이 읽어왔기에 잘 안다고 생각해도, 장르에 대해 조금 더 자세하게 알 필요가 있다. 판타지라고 썼는데 독자가 보기에 전혀 다른 설정과 구성이라면, 작품의 완성도와 상관없이 욕을 먹는 경우도 생긴다. 한 장르의 마니아는 선호하는 유형이나 장르 공식이 있는 경우가 많기 때문이다.

'웹소설 작가를 위한 장르 가이드'는 웹소설 작가를 지망하는 사람들을 위해서 기획된 시리즈다. 시작은 KT&G 상상마당에서 진행된 웹소설 작가 지망생을 위한 강의였다. 이전에도 소설 창작 강의는 많이 있지만 의외로 장르 자체에 대해 알려주는 과정은 거의 없었다. 대부분 소재를 찾는 방식, 문장력을 키우는 법, 주제의식 등 소설을 쓰는 테크닉과 작가정신 등에 대한 강의였다. 보통의 소설을 쓰기 위해서는 필요한 수업이다. 그러나 장르소설의 경우는 약간 다르다. 장르를 쓰기 위해서는 지식도 필요하고, 장르만의 테크닉도 필요하다. 미스터리를 쓰려면, 일단 미스터리가 무엇인지 알아야 한다. 고전적인 미스터리는 무엇이고, 어떤 하위장르로 분화되었고, 지금은 어떤 장르가 인기를 얻고 있는지 등. 또한 트릭에는 어떤 것들이 있는지, 어떻게 발전해왔는지를 아는 것도 도움이 된다.

마찬가지로 로맨스를 쓰려면 로맨스는 어떻게 시작되었고, 할리퀸 로맨스란 대체 무엇인지, 남성과 여성의 캐릭터는 어떻게 만들어야 하는지 등을 기본적으로 알아야 한다. 자신의 일상을 담은 소설이나 장르에 구애받지 않고 대하소설을 쓰는 것도 얼마든지 가능하지만 하나의 장르에 기반하여 혹은 복합적인 장르를 활용하여 소설을 쓰고 싶다면 우선 장르와 장르의 규칙에 대해 알아야 한다. 또한 오늘날에는 로맨스 장르만 하더라도 설정에 타임 슬립이나 판타지가 끼어드는 등 장르가 결합되는 경우도 점점 많아지고 있다. 가상 세계를 만드는 기본적인 방법이나 미스터리 구조에 대한 공부도 필요하다.

웹소설은 대중적인 소설이고, 재미있는 소설이다. 재미있는 이야기를 만들어내고, 독자가 원하는 캐릭터가 마음껏 움직이는 소설이라고나 할까. 엔터테인먼트를 내세우는 소설이라면 가장 먼저 독자의 기호와 취향을 만족시키고 재미를 줘야 한다. 읽는 것 자체만으로 즐거움이 되어야 하는 것이다. 그 다음이 작품성이다. 웹소설을 포함한 대중소설은 주로 킬링 타임이지만 가끔은 지대한 감동을 주거나 깨달음을 주는 작품이 나오기도 한다. 그렇게 장르는 발전한다. 아직은 웹소설이 변방에 머물러 있지만 점점 더 중심으로 다가올 것이다. 그러기 위해서는 더 많은 작가와 작품만이 아니라 더 뛰어난 작가와 작품이 필요하다. 당신이 필요한 이유다.

김봉석

차례

1

호러란
무엇인가?

공포의 양면성

공포라는 단어를 영어로 찾으면 호러horror를 만날 수 있다. 유사한 단어로는 테러terror와 피어fear도 있다. 모두 공포, 두려움, 무서움 등을 의미하지만, 여기에는 미묘한 차이가 있다. 테러는 주로 물질적, 육체적 공포를 말한다. 예를 들어, 테러는 '테러범의 공격'처럼 구체적이고 물질적인 타격과 고통을 말하며, 피어는 정신적인 두려움이나 마음으로 느껴지는 공포를 말한다. 그렇다면 호러는 어떨까? 테러와 피어 모두 여기에 포함될까?

인간이 공포를 느낄 때의 신체적 변화를 생각해보자. 우선 심장박동 수가 빨라지고, 근육은 긴장되며, 내장 혈관이 수축되는 현상이 일어난다. 또한 공포에 의해 격렬한 신체 활동이 시작되면 평상시보다 활력은 배가 되고, 난관이나 위험을 돌파할 수 있을 만큼 비상한 힘이 생기는 경우도 있다. 슬래셔slasher(난도질) 영화에서 살인마에게 쫓기던 연약한 여성이 갑자기 반격을 하며 달려드는 것도 가능하다는 것이다. 이처럼 공포는 일종의 생존 본능이다. 원시시대에 인간은 공포를 느꼈기 때문에 살아남을 수 있었다. 맹수의 공격에서 느끼는 공포나 폭풍 및 화산 등 자연의 엄청난 힘에서 느껴지는 공포는 인간이 생존하며 진화할 수 있었던 원동력이었다. 그런 점에서 공포는 살아 있음을 실감케 하는 가장 원초적인 감정이라 할 수 있다.

인간이 처음으로 느낀 공포는 아마도 어둠이 아니었을까? 해가 지면 찾아오는 어둠은 인간을 무방비 상태에 놓이게 한다. 아무것도 할 수 없게 만드는 어둠이야말로 맹수의 공격이나 자연의 혹독함보다 더 공포로 다가왔을 것이다. 이후 불을 소유함으로써 문명을 이루게 된 인간은 점차 자연을 두려워하지 않게 된다.

미야자키 하야오 감독이 〈모노노케 히메〉(1997)를 통해 보여주었듯, 인간의 문명과 지연의 발전 방향은 서로 어긋났다. 인간은 쇠를 만들기 위해 나무를 베고 숲을 파괴했다. 숲의 정령들을 인정하고 받들면서 도시 문명을 발전시킬 수는 없었기 때문이다. 인간은 거대한 도시를 만들고, 국가를 건설하고, 지구를 하나의 문명권으로 만들었지만, 자연을 지배할 수는 없었다. 인간이 빛을 향해 나아갈수록 그 그림자 역시 강해졌기 때문이다.

인간은 불을 소유하며 '만물의 주인'이라는 오만함에 빠지게 되지만, 문명이 발달할수록 오히려 자연의 힘을 각인하게 된다. 자연은 완벽하게 통제할 수 없으며, 인간 역시 자연의 법칙에 따라 소멸해갈 거라는 것을 알게 된다. 자연은 철저한 약육강식의 세계이고, 첨단 무기나 과학의 도움 없이는 인간은 더 이상 특별한 존재가 아니다. 말 그대로 인간은 생태계의 밑바닥에 있는 존재인 것이다.

"세상에서 가장 무서운 것이 무엇이냐?"는 질문에 어떤 이는 귀신이라 답할 수도 있고, 인간 또는 핵무기라고 답할 수도 있겠지만, 그 어떤 것도 자연의 힘을 이기지는 못한다. 핵무기의 위력이 아무리 강해도 거대한 지진이나 화산 폭발에는 미치지 못한다. 2011년 일본 동북부를 덮친 지진과 해일은 핵 발전소를 붕괴 직전까지 몰아넣었다. 인간이 아무리 안전한 미래를 준비해도, 미증유의 거대한 재해가 닥쳤을 때에는 그저 무력할 뿐이다. 한때 지구를 지배했던 공룡이 멸망한 이유가 지구에 떨어진 운석 때문이라는 학설처럼 인간 문명은 자연의 막대한 힘에 의해 한순간 송두리째 사라질 수 있다. 엄밀하게 말하면 귀신과 인간도 자연의 일부이고 자연의 법칙에서 벗어날 수 없다. 자연의 일부인 인간에게 죽음과 미지에 대한 공포는 본능적인 것이다. H. P. 러브크래프트가 『공포 문학의 매혹』에서 "가장 오래

되고 강력한 인간의 감정은 공포이며, 그중에서도 가장 오래되고 강력한 것이 바로 미지에 대한 공포"라고 말했듯이.

서구에서는 공포를 거대한 손에 사로잡힌 인간의 형상으로 그리기도 한다. 킹콩의 거대한 손에 잡힌 미녀가 비명을 지르는 영상은 '공포'의 근원적인 이미지라 할 수 있다. 영어에 'in a grip of horror'라는 표현이 있다. 거대한 손에 사로잡힌 인간을 떠올리면 가장 먼저 무력감이라는 단어가 생각난다. 아무것도 할 수 없는, 보통의 존재인 나의 힘으로는 도저히 거역할 수 없는 미지의 존재 혹은 힘에 대한 무력감 말이다. 중세의 고문 도구에 '철의 처녀'라는 것이 있다. 못이 빼곡하게 박혀 있는 관처럼 생긴 상자 안에 사람을 넣고 문을 닫으면 온몸에 못이 박힌다. 문이 닫히는 순간 절대로 도망칠 수 없고, 절대로 이겨낼 수 없다. 그것이야말로 절대적인 공포다.

하지만 완벽한 무력감은 때로 황홀감을 동반한다. 예를 들어, 부처의 손아귀에서 벗어나지 못하는 손오공은 처음에는 공포를 느끼지만 시간이 흐르면서 부처의 손길을 느끼고, 공포는 희열로 바뀐다. 반대로 희열이 공포로 변하기도 한다. 아기는 어머니의 손길을 벗어날 수 없지만, 그 손길에 공포를 느끼지는 않는다. 신 또는 어머니의 품에 안기는 것은 절대적인 엑스터시라고 할 수 있다. 그러나 갑자기 그들이 돌변한다면 이야기는 달라진다. 신뢰하는 누군가

나, 기대고 싶은 존재가 느닷없이 안겨주는 공포야말로 가장 참혹하다. 애정이나 집착에서 역전하는 공포가 더 끔찍한 것도 같은 이유이다. 절대적으로 믿고 있던 대상에게 배신 당하거나 밀려날 때 느끼는 근원적인 무력감은 처절하다. 그렇기 때문에 어떤 대상에 무비판적으로 빠지는 모습에서 공포를 예견할 수도 있다. 그 밖에 상식적인 판단이나 가치를 뛰어넘지만 공포와 황홀을 동일시하는 예도 있다. 영화 〈마터스〉(2008)는 극단적인 고문과 폭력을 당한 사람이 죽기 전에 느끼는 황홀감에 대해 이야기한다. 공감하기는 쉽지 않으나 상식적인 차원을 넘어선다는 점에서 궁금증을 일으키기도 한다.

죽음은 인간이 느끼는 무력감의 근원이라 할 수 있다. 죽음은 개인을 넘어 종족의 생존 본능과도 연결된다. 인간의 DNA에는 이미 공포의 감정이 각인되어 있는 것이다. 맹수의 공격이나 화산 분화처럼 눈에 보이는 공포는 어떻게 대처해서 살아남을지 그나마 판단할 수 있다. 이렇듯 자연의 공포는 문명 시대에는 절대적인 두려움이 못 된다. 언젠가 닥칠 수는 있지만 당장 현실로는 쉽게 느끼지 못한다. 현실에서는 재난에 의한 죽음보다 일상적인 사고와 병으로 죽는 이들이 훨씬 많다. 가장 두려운 것은 미지에의 공포다. 어둠 너머에 있는 것이 무엇인지 알지 못할 때 인간은 극도의 공포를 느낀다. 그래서 현실적인 공포보다 가상의 공포가 더 짜릿하게 느껴지는지도 모른다. 죽음은 여전히 미지의 세계이고, 우리는 그 너머에 무엇이 있는지 알 수 없다. 그래서 죽음은 매혹적이면서도 두렵다.

이처럼 공포는 양가적인 감정이다. 무서워하면서도 끌린다. 끌리기 때문에 금기를 넘어 어딘가로 나아가거나, 스스로 파멸한다. 희열과 광기가 공존하는 것이다. 공포에 대한 묘사가 폭력을 부추긴다는 것은 편협한 시각이다. 정말 난도질 영화의 잔인성이 모방 범죄를 일으키거나 폭력 불감증을 부추기는 것일까? 게임에서 폭력을 즐기듯 영화 속 살인마의 감정에 동조하는 이들도 없지 않다. 그러나 난도질 영화를 보면서, 연쇄살인마에게 쫓기는 여인에게 동조하는 경우도 있다. 살인마가 흉기를 들고 쫓아오는 장면을 보면서 숨이 가빠지거나, 아슬아슬하게 위기를 모면할 때 한숨을 쉬며 짜릿함을 느끼는 경우가 그렇다. 절박한 순간을 넘기면 희열이 차오른다. 살인자가 느끼는 쾌감보다 무언가에 쫓기고, 악의 손길에 내동댕이쳐질 때 짜릿함을 느끼는 경우가 더 많다.

공포에 매혹되는 이유

공포의 감정은 복잡하다. '무섭다'거나 '짜릿하다'는 식으로 하나로 정의할 수 없다. 공포영화의 거장 웨스 크레이븐은 〈뉴 나이트메어〉(1994)를 통해 무서운 이야기의 근원을 파고든다. 웨스 크레이븐은 공포영화의 캐릭터가 현대에 와서 새롭게 창조된 것이 아니라고 말한다. 사실 공포영화 속 캐릭터는 우리가 이미 알고 있던 신화와 전설에서 등장한 존재들이다. 다만 세월이 흐르면서 캐릭터들이 나타나는 '현상'이 바뀌었을 뿐이다. 고대의 악마나 괴물이 외계인과 도시 괴담으로 바뀐 것이라 할 수 있다. 웨스 크레이븐은 민담과 전설로 내려오던 무서운 이야기들이 현대에서는 공포영화로 생명력을 얻고 있다고 말한다. 그렇기에 아무리 죽이고 물리쳐도, 그것들은 끊임없이 살아나고 다시 돌아온다. 동네의 살인마를 죽였더니 꿈속의 악마 프레디로 되살아난 것처럼, 미지의 공포는 끊임없이 모양을 바꾸며 부활한다. 우리는 이미 그 이야기들을 알고 있고, 그들의 존재를 느끼고 있다. 그들이 어둠 속 어딘가에 존재한다는 것을 알기 때문에 그것들을 찾아간다. 무서운 이야기를 계속 보는 이유는 두려움과 매혹이 우리 마음속에 이미 존재하기 때문이다.

공포소설의 제왕 스티븐 킹의 작품에서 공포는 유년 시절의 악몽이다. 스티븐 킹의 주인공들은 미신과 악령에 사로잡힌 중세의 어리석은 대중이 아니라, 평범한 주택에 살며 노트북을 애용하는 우리의 이웃들이다. 『나이트 플라이어』의 뱀파이어는 피를 마시기 위해 비행기로 미국 전역을 떠돈다. 스티븐 킹의 소설에는 '도시 전설Urban Legend'의 형식으로 그려지는 경우가 종종 있다.

도시 전설은 영화 〈캠퍼스 레전드〉 시리즈와 〈캔디맨〉(1992)이 그렸듯 미디어나 인터넷을 통해 떠도는 '믿거나 말거나' 식의 이야기를 말한다. 믿기 어려운 소문이지만 파고들어가 보니 실제 사건이 과장되었거나 인과관계가 정확히 밝혀지지 않은 미제 사건들이 도사리고 있다. 기괴하지만 그럴듯한 소문들은 합리적이고 선명한 도시의 이면에 끈적끈적하게 달라붙어 있다. 도시 전설은 신문 사회면 귀퉁이에 등장할 법한 이야기이지만, 그것 역시 신화나 전설이 변형된 것이다.

스티븐 킹의 소설에서 악은 대개 유년기나 더 먼 과거에서 귀환한다. 소설 『그것』에서 소도시에 사는 아이들은 광대의 모습을 한 괴물을 물리치지만 괴물은 27년 후에 다시 돌아온다. 평화로운 소도시의 이면에는 깊고 짙은 어둠이 깔려 있다. 성인이 된 주인공은 다시 유년의 악몽과 부닥치게 되고, 순수하고 강한 믿음과 팀워크로 악을 물리친다는 내용은 킹의 소설에서 일관되게 반복되는 이야기 주제다. 아이들은 그들이 본 것을 믿는다. 어른들처럼 믿기 힘든 무엇을 굳이 합리적으로 설명하려고 애쓰지 않는다. 단지 사실을 받아들이고 싸워 없애려 한다. 그런데 성장한 후에는 그 시절의 악몽과 싸움을 잊어버리고 단지 유년의 상상이라고만 생각한다. 스티븐 킹은 아이들의 관점으로 악을 보아야 한다고 말한다.

'우리가 잃어버린 순수함'을 되찾아야만 악을 이길 수 있다. 그러기 위해서는 우리들의 내면 어딘가에 기억된 어두운 공포를 통해 숨겨진 진실을 이해해야만 한다.

스티븐 킹이 유년의 악몽과 현대 사회의 이면을 집요하게 파헤친다면, 클라이브 바커는 고대의 잃어버린 기억과 공포로 독자들을 사로잡는다. 소설가이자 영화감독인 클라이브 바커는 『미드나잇 미트 트레인』(『한밤의 식육열차』), 『요괴 렉스』, 『인간의 흔적』 등의 소설에서 H. P. 러브크래프트에게 영향받은 태곳적의 공포를 끌어낸다.

『미드나잇 미트 트레인』에는 뉴욕의 지하에서 수천 년, 수만 년 전부터 살아온 생명체가 등장하고, 대를 이어가며 '지배자'에게 인육을 바치는 도살자가 모습을 드러낸다. 자신의 소설을 각색한 영화 〈심야의 공포〉(1990)에는 '나이트 브리드Night breed'라는 밤의 종족이 등장한다. 한때 인간과 역사를 공유했던 밤의 종족들은 인간의 배신으로 몰락한 이후 밤의 세계, 환상의 세계로 물러앉은 존재들이다. 분명히 존재하지만 논리적으로는 설명할 수 없었던 무엇을 클라이브 바커는 구체적인 형상으로 끄집어내어 인간들이 갈구하는 현실의 허영과 무모한 욕망을 조롱한다. 인간의 물질문명 자체가 거대한 허상 위에 세워진 사상누각임을 역설하는 것이다.

무서운 이야기는 우리의 일상이 사실은 허상일 수도 있

음을 보여준다. 만약 우리가 살고 있는 세상이 애초에 부조리한 것이라고 믿는다면, 세상의 이면에서 초자연적인 일들이 일어나는 것 역시 당연한 일이 아닐까? 하지만 진실을 만나는 것은 무척이나 두렵고 섬뜩한 일이다. 우리가 잘 알고 있던 일상이 순식간에 비일상으로 표변했을 때 우리는 공포를 느끼게 된다. 영화 〈링〉이 유별나게 무서웠던 이유 역시 우리 곁에 있는 전화기나 TV를 통해 공포가 스멀스멀 다가오기 때문이다. 원한을 가진 사다코는 우물 속에서, TV 속에서 기어 나온다. 이것이 바로 교고쿠 나츠히코의 『백귀야행』 같은 공포소설에서 드러나는 일상의 공포이다. 익숙하게 보아왔던 것들이 낯선 무언가로 변해버리는 찰나에서 공포를 느끼는 것이다.

우리가 공포에 매혹되는 이유 중 하나는 바로 이 비일상 때문이다. 익숙하지 않은 순간은 섬뜩하면서도 어딘가 모르게 짜릿하다. 지루하고 나태한 일상과는 다른, 황홀한 순간이 기다리고 있을 것만 같다. 클라이브 바커가 연출한 영화 〈헬 레이저〉(1988)를 보자. 지옥의 사자인 핀헤드는 고통의 즐거움을 알려준다. 일상의 무료함에서 벗어나고픈 관객에게 고통의 신도가 되길 권유한다. 고통을 견뎌냈을 때 관객은 새로운 깨달음에 도달할 것이라고 말한다. 고행하는 인도의 수도승이 떠오르지 않는가. 과거의 선각자들이 공통적으로 바라던 것은 공통적으로 초월이었다. 남루한 세계를 살아가는 인간들은 자신의 내면에서 빛을 찾지 않는 한 다른 어딘가에서 쾌락과 각성을 찾기 마련이다. 공포도 그중 하나다. 자신의 살이 뜯겨나가고, 흘러나온 피가 웅덩이를 이루는 공포를 통해서 깨달음을 얻을 수 있다. 바로 자신이 현존한다는 깨달음 말이다.

비일상의 순간들은 그저 환상이 아니다. 우리가 공포에 매료되는 또 다른 이유는 그것이 너무나도 현실적이기 때문이다. 지금 당장 내 곁에서 일어나도 이상하지 않을 정도로 리얼리티가 있기 때문에 가상의 공포를 즐기는 것이다. 한국 공포영화의 부활을 알린 〈여고괴담〉(1998)이 성공했던 이유는, 영화 속 고등학교에서 일어나는 억압과 공포에 관객들이 공감했기 때문이다. 선생의 폭언과 발길질만이 아니라 위압적인 건물 자체만으로도 숨 막히는 두려움을 느낄 수 있었다. 공포물은 우리가 잊고자 하는 것을 일깨우는, 무의식에 잠들어 있는 진실에 대해 속삭이는 장르다. 수많은 괴물들의 얼굴, 원혼들의 저주와 복수심은 위험한 현대사회의 절규이자 경고인 것이다.

2

**호러의
흐름**

무서운 이야기의 탄생

우리가 무서운 이야기를 읽는 이유는 단지 공포를 느끼기 위해서만은 아니다. 비이성과 광기 혹은 초자연적인 것들에 빠져드는 이유는 세상의 질서를 그 근본에서부터 의심하기 때문이다. 이성과 합리성만으로는 이 세계를 받아들일 수 없기 때문에, 상식과 질서가 지배하는 사회의 곳곳에 도사린 광기와 폭력의 기운을 느끼기 때문에, 일부러 그들을 찾아가 모든 것을 뒤엎어 본다. 상식과 규범을 뒤집어보고, 무언가 은폐되어 있는 것을 드러내는 것이다. 공포물에서 귀신이나 괴물을 가장 두려워하는 캐릭터는 대개 내면의 두려움이나 불안을 가진 이들이다. 그들은 외부의 괴물을 통해서 그들의 자아 그리고 그들이 살고 있는 세계를 들여다본다. 우리들의 세계는 태곳적부터 기이하고 두려운 존재들과 늘 함께 해왔다.

서구에서 무서운 이야기들이 소설이라는 형식으로 바뀌기 시작한 것은 18세기 말, 고딕소설부터였다. 고딕소설을 대표하는 작품은 『드라큘라』, 『프랑켄슈타인』, 『지킬 박사와 하이드 씨』, 『늑대인간』 등이 있다. 이 작품들에 등장하는 뱀파이어, 인조 괴물, 다중인격 등의 캐릭터는 이후 할리우드 영화를 비롯한 대중문화 전반에 두루 등장한다. 고딕소설은 인간이 상상할 수 있는 거의 모든 악몽을 그려 냈다.

드라큘라로 대표되는 뱀파이어는 인간의 피를 빨아먹고 사는 존재다. 십자가와 마늘을 싫어하고, 가슴에 말뚝을 박거나 목을 잘라야만 죽는다. 소설 『드라큘라』는 루마니아 지역에 실재했던 영주 블라드 체페슈를 모델로 내세운다. 오스만투르크에 대항한 민족 영웅 블라드는 서양에서 악마의 상징인 용을 자신의 표식으로 삼거나 사로잡은 적을 꼬챙이에 꽂아 처형하는 등 기이하고 잔인한 모습을 보였다. 적에게 두려움을 주기 위한 방법이었지만 다양한 뒷이야기가 나올 만한 역사적 인물이었다. 드라큘라에 대한 정통적인 해석은 스스로 잔인한 폭력에 물들어가면서 악마가 되었다는 설과 반대로 사랑하는 아내를 비롯해 자신의 모든 것을 앗아가버리는 신에게 분노한 나머지 뱀파이어가 되었다는 설도 있다. 변신이 가능하고, 동물과 인간을 조종하는 등 초월적인 존재로 등장한 이후 뱀파이어가 등장하는 무수한 소설과 영화는 저마다 뱀파이어에 대한 독특한 해석을 내세운다. 비이성과 광기를 상징하거나, 성적인 지배욕에 불타는 괴물, 인간의 나약함과 대비되는 야수성의 화신, 외계에서 온 이종족, 이제는 사라진 고대의 종족 등 수많은 뱀파이어 기원설이 등장했고, 또한 소수자로서의 뱀파이어도 다루고 있다.

『프랑켄슈타인』에 등장하는 괴물에게는 이름이 없다. 프랑켄슈타인은 그를 만든 박사의 이름이다. 『프랑켄슈타인』 속 괴물은 끝이 없는 인간의 욕망, 바벨탑처럼 신에게 도전하는 인간의 광기가 만들어낸 존재다. 괴물은 인간의 세계를 끊임없이 침식하며, 자신은 왜 인간이 될 수 없는지를 캐묻는다. 그것은 정체를 알 수 없는 신에게 명확한 해답을 요구하는 인간의 광기와도 같다. 『프랑켄슈타인』이 공포물로서 기능하는 영역은 다양하다. 신의 영역에 도전했다가 자신의 창조물에게 복수당한다는 내용은 공포물에서 다양하게 변주되었다. 넓게 본다면 좀비물도 프랑켄슈타인의 자식이라고 볼 수 있다. 또한 과도한 호기심과 욕망으로 종말을 초래하는 기괴한 실험을 거듭하거나 지옥의 문을 열어버리는 매드 사이언티스트Mad Scientist 캐릭터도 『프랑켄슈타인』에서 시작되었다. SF영화 속의 유전자 조작이나 안드로이드 등도 프랑켄슈타인의 후예라고 할 수 있다.

『지킬 박사와 하이드 씨』는 인간의 내면에 존재하는 악을 그리고 있다. 겉으로는 평범한 이웃의 모습을 하고 있지만 사실은 끔찍한 연쇄살인마일 수도 있다는 것. '내면의 악'도 다양하다. 영화 〈사이코〉(1960) 속 주인공처럼처럼 이중인격일 수도 있고, 유년기에 겪은 끔찍한 트라우마 때문에 또 다른 인격이 공존하는 경우도 많다. 또한 주인공이 자신 안에 다른 인격이 존재한다는 것을 알고 모든 인격을 지배하는 경우도 있다. 평소에는 착한 사람이지만 어느 순간 광기에 사로잡히는 사람도 일종의 이중인격으로 볼 수 있다. 술이나 마약에 취해 폭력적으로 돌변하는 사람은 흔히 볼 수 있다. 이 정도는 공포물의 소재로는 부족하다. 하지만 보통 사람이 특정 집단이나 소수자를 박해하는 집단 광기에 사로잡히는 경우는 충분히 공포물에 어울린다. 영화 〈가위손〉(1990)에서 주인공을 다정하게 대해주는 교외의 중산층 사람들이 한순간에 돌변하여 광기를 보이는 장면이나 혹은 〈마견〉(1982)에서 유색인종만을 공격하는 개를 키우는 남자처럼 말이다.

유태인 학살이 그랬듯이 너무나도 평범한 사람들이 특정한 상황이 닥쳤을 때 드러내는 악과 광기도 있다. 실제 사건을 바탕으로 한 잭 케첨의 소설 『이웃집 소녀』는 평범한 사람들이 어떻게 끔찍한 폭력에 동조하는지를 잘 보여준다. 실제 사건은 이렇다. 1965년 미국 인디애나 주에 거주하던 거트루드라는 여인은 자신의 집에서 하숙하던 16살 소녀 실비아를 지하실에 감금해 3개월 동안 폭행과 고문을 가하고 끝내 살해했다. 실비아를 폭행하는 데에는 루드뿐만 아니라 그녀의 아들과 딸 그리고 동네 친구들까지 합세했다. 그들은 평범한 사람들이었지만 적당한 이유와 명분이 갖춰지자 너무나도 끔찍하고 잔인한 폭력을 저질렀다. 잭 케첨은 『이웃집 소녀』를 쓰게 된 이유에 대해 "나는 오래 전부터 이런 몹쓸 인간들에 관한 이야기를 쓰고 싶었다. 그들의 타자성에 대해, 그리고 그들도 인간이라고 믿었던 우리 진짜 인간들에게 어떤 일이 일어나고 있는지 보여주고 싶었다"라고 말했다. 특별한 사람들이 아니라 우리 안에 그리고 우리 주변에 그런 악이 존재한다는 것을 말하고자 하는 것이다.

『늑대인간』은 인간의 야수성에 대해 이야기한다. 인간도 엄연히 동물이다. 그렇다면 동물에게 내재되어 있는 어떤 야수성이 인간에게도 존재할 수 있다. 근래의 학설에 따르면, 네안데르탈인과 크로마뇽인은 함께 존재했다. 이후 네안데르탈인이 멸종했는데, 이유는 크로마뇽인이 더 폭력적이었기 때문이라고 한다. 크로마뇽인에서 진화한 지금의 인류에게는 이미 폭력 유전자가 내재되어 있다는 주장이다. 어쩌면 인간이 왜 그토록 수많은 학살과 전쟁을 멈추지 않았는지를 설명해주는 이야기일 수도 있다. 혹시 인간은 단지 배를 채우기 위해서만이 아니라 내재적 명령과 자신의 쾌락을 위해 폭력과 살인을 저지르는 존재는 아닐까? 그렇다면 사이코패스 역시 새로운 양태가 아니라 본성이 증폭된 것이라고 볼 수도 있다.

고딕소설 이후 20세기 영화에서 본격적으로 등장한 외계의 공포와 좀비물도 다양한 사회적 현상을 함의하고 있다. 외계의 공포는 H. G. 웰즈의 『화성 침공』이 시초였다. 19세기, 화성에서 운하로 보이는 흔적을 발견한 사람들은 외계 문명이 존재할 것이라는 상상을 했다. 그런 상상이 증폭되어 녹색 화성인이 월등한 무기를 가지고 지구를 침공하는 『화성 침공』으로 나타났다. 〈시민 케인〉(1941)의 감독 오손 웰즈는 1938년, 라디오극 〈화성 침공〉을 연출했는데, 너무나 사실적이어서 실제 상황으로 착각한 청취자들이 패닉 상태에 빠지기도 했다. 냉전 시대인 1950년대에는 외계인 침공물로 이어진다. 소설을 원작으로 1956년 영화로 만들어진 후 계속 리메이크된 〈바디 스내쳐〉는 지구에 온 외계인이 인간의 육체를 그대로 가진 채 은밀하게 확산되는 과정을 보여준다. 그것은 곧 우리와 똑같은 말과 행동을 하지만 서방 세계를 위협하는 소련 공산주의자들에 대한 은유였다.

반면 1968년에 개봉한 조지 로메로의 〈살아 있는 시체들의 밤〉은 카리브 해의 좀비를 현대적으로 재해석하여 현대 좀비물의 원형이 되었다. 종교와 주술 등 다양한 이유가 제시되지만 조지 로메로가 그린 좀비에서 가장 중요한 것은 인간의 시체가 다시 깨어난다는 것이다. 의식이 없는, 즉 영혼 없는 인간이 되는 것이다. 만화 원작의 미국 드라마 〈워킹 데드〉와 〈피어 더 워킹 데드〉에서는 바이러스에 감염된 사람이 죽은 후에 좀비로 깨어나는 모습을 보여준다. 그런 점에서 좀비물은 '바깥에서 침투하는 악'이 아니라 내부에서부터 붕괴하는 양상을 보여준다고 할 수 있다. 그리고 인간이 다른 종으로 진화 혹은 변질되는 과정이라고도 할 수 있지 않을까.

근대 이전에 선보인 괴물이나 요정 등은 사회 내에 함께 존재하는 것들이었다. 종교나 애니미즘적인 신앙이 지배하던 시대에는 인간과 다른 무엇이 함께 존재하는 것이 당연한 일이었다. 하지만 합리성과 이성이 모든 것을 지배하는 근대 이후에는 사정이 달라진다. 드라큘라의 정체를 모를 때에는 단지 두려움의 존재였지만, 그의 이름과 기원을 알게 된 헬싱 박사는 드라큘라의 심장에 못을 박아 죽일 수 있었다. 정체가 무엇인지 알게 된 초자연적 존재는 더 이상 공포의 대상이 아닌 것이다. 근현대의 괴물들은 이렇듯 바깥에서 오는 경우가 많았다. 급기야 드라큘라는 비이성이 지배하던 동구에서 근대의 상징인 영국으로 건너온다. 늑대인간과 『프랑켄슈타인』속 괴물도 문명 바깥의 존재였다.

외부에 대한 공포는 1950년대 냉전과 핵전쟁의 공포와 결합되어 외계인 침공을 다룬 SF와 변종 괴물 호러영화가 대거 만들어지는 이유가 되었다. 그러나 1980년대 이후 악마나 괴물은 사라져야 할 가증스러운 존재가 아니라, 그릇된 가치와 기존 질서에서 쫓겨난 이방인으로 묘사되었다. 이러한 흐름으로 봤을 때 공포물은 우리의 꿈과 무의식에 기초하고 있고, 귀신과 괴물들은 인간의 억압된 자의식을 뚫고 나오는 본능적이고 순수한 존재라고도 할 수 있다.

인간은 이해할 수 없는 것을 두려워한다. 아무도 없는 방에서 쿵쿵 소리가 나거나, 아무도 건드리지 않았는데 접시가 날아다니고 가구가 넘어지는 현상을 말하는 폴터가이스트poltergeist는 주로 사춘기 이전의 아이가 있는 집에서 발생한다고 전해진다. 근대 이전까지 아동과 여성은 이해할 수 없는 존재였다. 어느 정도 말을 알아듣고 스스로 행동하기 전까지의 아이는 아직 제대로 된 인간으로 존중받지 못했고, 악마에 들리기 쉽다고 여겨졌다. 여성 역시 마찬가지였기에 마녀 사냥의 대상으로 낙인찍혔다. 사회의 주류, 지배자들이 이해할 수 없고 완벽하게 장악할 수 없는 존재는 흔히 사악한 것으로 여겨졌다. 근대 이후도 크게 다르지 않았다. 지금까지 이해할 수 없었던 존재들은 과학의 힘으로 이해하게 되었지만, 여전히 미지의 영역은 남아 있다. 인간도 그렇고, 우주도 마찬가지다. 이해했다고 믿은 것조차 시간이 흐르면서 모호해지게 되었다.

공포물은 인간 내면의 악이나 야수성, 인간이 창조한 괴물이라는 존재에서 자연과 초자연적인 존재로 뻗어 나가다가 결국 우주 멀리까지 확장된다. 『공포 문학의 매혹』에서 과거의 공포문학에 대해 꼼꼼한 분석을 가했던 H. P. 러브크래프트는 '코스믹 호러cosmic horror'라는 개념을 설파한다. 러브크래프트는 전설과 민담에서 시작된 공포문학을 광대한 우주 저편으로 확장시킨다. 단지 귀신이나 괴물 이야기가 아니라 인류의 시원 어쩌면 그 이전부터 존재했던 미지의 존재들이 불러일으키는 공포를 이야기한다. 먼 우주에 있던 존재들이 지구에 왔고, 그들은 초고대의 존재들과 싸우면서 군림했다. 이제는 멀리 사라진 것처럼 보이지만 해저 깊숙이, 또는 우주 저편에서 여전히 인간의 의식을 뒤흔들고 있다.

러브크래프트가 만들어낸 크툴루 신화는 판타지에서 톨킨이 중간계가 차지하는 역할처럼 끊임없이 가상의 세계를 만들어내며 실제처럼 증식하고 있다. 그의 기이한 세계관은 시각 디자이너 H. R. 기거가 디자인한 〈에일리언〉(1979) 캐릭터나 마블 유니버스 등 현재 우리가 보고 즐기는 대중문화 곳곳에 영향을 끼쳤다. 미지의 존재는 우리의 내면만이 아니라 이미 무한의 공간 저편에 거대한 왕국을 건설하고 있는 것이다. 러브크래프트적인 공포영화는 그의 소설을 각색한 스튜어트 고든의 〈좀비오〉(1985), 〈지옥 인간〉(1986), 〈데이곤〉(2001)을 비롯하여 네크로노미콘Necronomicon(죽음의 책)

이 등장하는 샘 레이미 감독의 〈이블 데드〉(1981), 죠스 웨던이 제작한 〈캐빈 인 더 우즈〉(2012)까지 다양한 스펙트럼을 보여준다.

영화로 보는 공포의 역사

모든 공포물의 근원인 전설과 민담에서 공포물의 흐름을 추적하는 것이 정통이겠지만, 누구나 쉽게 접근할 수 있는 영화를 통해 공포물이 어떤 이야기와 의미를 담고 발전해왔는지 살펴보고자 한다. 영화는 20세기 들어 가장 대중적인 장르가 되었고, 각 시기마다 대중이 가장 좋아했던 공포물이 무엇인지 수월하게 유추할 수 있기 때문이다.

초창기에 만들어진 공포영화로는 1920년대 독일의 〈칼리가리 박사의 밀실〉(1919), 〈골렘〉(1920), 〈노스페라투〉(1922) 등을 꼽을 수 있다. 이 영화들은 미지의 존재에 대한 두려움과 함께 당시 독일 사회의 불안감을 은유적으로 드러내고 있다. 공포영화는 입에서 입으로 전달되는, 은근히 느껴지는 사회적 두려움을 '영상'으로 표현한 것이기도 했다.

민담과 전설의 괴물들과 함께 19세기에 등장한 영국의 고딕소설 『드라큘라』, 『프랑켄슈타인』, 『지킬 박사와 하이드 씨』, 『늑대인간』 속 주인공은 공포영화가 가장 아끼는 캐릭터였다. 공포영화의 산실이었던 할리우드의 유니버설 픽쳐스는 뱀파이어, 인조 괴물, 늑대인간 그리고 투탕카멘의 저주부터 시작해 미라와 카리브 해의 좀비 등 세계 각지의 전설과 민담에 등장하는 존재를 공포영화의 캐릭터로 적극 활용했다.

공포영화의 캐릭터는 각각 독특한 설정과 의미를 지니고 있다. 드라큘라로 대표되는 뱀파이어는 인간의 피를 빨아먹고 사는 존재다. 십자가와 마늘을 싫어하고, 가슴에 말뚝을 박거나 목을 잘라야만 죽는다. 비이성과 광기의 괴물, 성적인 지배욕에 불타는 괴물, 인간의 나약함과 대비되는 야수성의 화신, 외계에서 온 이종족, 고대의 악마 등 뱀파이어에 대한 해석은 영화마다 조금씩 차이가 있다.『프랑켄슈타인』속 괴물에게 이름이 없다는 점은 인간이 만들어낸 모든 것에 대한 반역이라고도 볼 수 있다. 괴물뿐만 아니라 기계 등 인간이 만들어낸 문명 자체가 프랑켄슈타인의 자식으로 볼 수 있기 때문이다. 바벨탑과 같이 신에게 도전하는 인간의 광기가 만들어낸 괴물은 이제 인공지능으로 확장되어 인간보다 우월한 존재이자 시스템으로 모습을 드러내고 있다. 보름달이 뜰 때마다 야수로 변하는 늑대인간은 요즘에는 하나의 종족으로 그려지는 경우가 많다. 늑대를 죽이는 방법은 은십자가로 만든 총알이다. 좀비는 원래 살아 있는 사람을 노예로 부리기 위해 부두교의 마법으로 만든 존재다. 하지만 할리우드 공포영화에서는 인간의 야만적인 실험으로 만들어지거나, 알 수 없는 이유로 시체가 깨어나 인육을 먹는 캐릭터로 묘사되었다. 미라는 1920년대에 유행했다가 1990년대 들어 코믹 블록버스터 〈미라〉(1999)로 부활했다.

공포영화 속 괴물들은 주로 외부에서 유입된 것으로 설정되었다. 드라큘라는 비이성이 지배하는 동구에서 근대의 상징인 영국으로 건너간다. 늑대인간과 프랑켄슈타인의 괴물도 문명 바깥의 존재다. 외부의 공포는 1950년대 냉전과 핵전쟁의 공포와 결합되어 SF 호러영화로 변형된다. 그러나 현대의 공포영화에서 괴물은 더 이상 내부를 파괴하는 악이 아니다. 기존 공포영화의 캐릭터를 적극적으로 끌어들여 젊은이들의 판타지가 된 영 어덜트에서는 뱀파이어와 늑대인간, 좀비 등의 괴물들이 인간보다 우월하고 멋진 존재로 그려지기도 한다. 오히려 바깥의 괴물은 인간보다 순수하거나 초월적이기까지 하다.

진짜 문제는 인간의 바깥이 아니라 내면인지 모른다. 인간이 상상하는 귀신과 괴물은 인간의 억압된 자의식을 뚫고 나오는 본능적이고 순수한 존재일 수도 있다. 알프레드 히치콕의 〈사이코〉 속 괴물은 초자연적인 존재가 아니라 우리 주변에 있는 이웃이다. 〈사이코〉는 우리의 마음속에 있는 악마성을 폭로하고, 누구나 비현실적인 악몽에 말려들 수 있다는 일상의 공포를 그려냈다. 『지킬 박사와 하이드 씨』의 후손이라 할 수 있는 〈사이코〉의 공포는 연쇄살인범들이 등장하는 스릴러영화로 이어진다.

'오컬트occult영화'는 초자연적인 존재가 등장하는 공포영화를 말한다. 넓은 의미에서는 드라큘라나 좀비영화도 오컬트에 속하지만 좁게는 악마와 귀신이 등장하는 공포영화를 의미한다. 오컬트영화는 인간의 원초적인 공포와 가장 근접해 있고, 미지의 세계에 대한 인간의 두려움을 극적으로 표현한 장르다. 1970년대 미국에서는 오컬트가 붐이었다. 로만 폴란스키의 〈악마의 씨〉(1968)는 뉴욕의 고급 아파트에 살고 있는 중산층 주민들이 악마 숭배자라는 설정이다. 주변의 다정한 이웃들이 가장 끔찍한 존재였던 것이다. 〈오멘〉(1978)은 요한계시록의 예언을 바탕으로, 666이라는 짐승의 숫자를 지니고 있는 적그리스도의 탄생을 그리고 있다. 오컬트영화 중 가장 유명한 작품은 〈엑소시스트〉(1973)다, 어린 소녀의 몸에 들어간 악마를 내쫓는 퇴마의식을 그린 〈엑소시스트〉는 공포영화로는 처음으로 1억 달러가 넘는 흥행 기록을 세우며 붐을 일으켰다.

1980년대에는 슬래셔 영화가 인기였다. 〈할로윈〉(1978) 시리즈와 1980년부터 꾸준히 선보이고 있는 〈13일의 금요일〉 시리즈에는 10대를 쫓아다니며 살육하는 연쇄살인범이 등장한다. 〈할로윈〉의 마이크 마이어스와 〈13일의 금요일〉의 제이슨의 출발은 조금 이상하거나 악마 같은 사람이었지만, 속편을 거듭할수록 초인적인 존재로 상승한다.

슬래셔 영화의 시발점은 1973년에 만들어진 〈텍사스 전기톱 대학살〉이다. 토비 후퍼의 걸작 공포영화 〈텍사스 전기톱 대학살〉에서는 캠핑을 간 대학생들이 식인 가족을 만난다. 도살장으로 끌고 간 여성을 갈고리에 매달고, 미라처럼 쇠퇴한 할아버지를 위해 데리고 온 여성의 머리를 망치로 내리친다. 너무나도 비현실적인 풍경이지만 에드 게인을 비롯한 연쇄살인마들이 보여준 행각은 이에 버금간다.

  〈텍사스 전기톱 대학살〉은 도시에서 시골로 놀러온 대학생들을 살해한 실제 사건에서 영감을 받은 작품이다. 범인은 대학생들에 대한 질투가 살인의 동기라고 말했다. 자신은 시골에서 아무것도 하지 못하고 시간만 보내는데, 모든 것을 누리는 듯한 그들이 싫었다고 한다. 연쇄살인마는 범행의 잔혹성과 함께 시대의 광기를 그대로 투영한다는 점에서 공포물과 연결되는 지점이 있다. 1990년대 영화인 〈브레이크다운〉(1977)에는 한적한 지방 도로를 달리는 도시인들을 살해하는 시골 사람들이 등장한다. 도시인을 창고에 묶어놓고, 태연하게 가족들과 식사를 하는 살인범. 평범한 이들의 사회에 대한 분노가 불특정 다수에게 투사되는 사건은 이제 낯설지가 않다.

  귀신과 요괴 이야기가 많은 일본의 공포영화는 전래 설화와 민담 등을 각색하는 것으로 시작했다. 〈도카이도 요츠야 괴담〉(1959)에 나온 〈설녀〉, 〈요괴대전쟁〉(2005) 등 전통적인 내용부터 할리우드의 영향을 받은 〈흡혈귀 고케미도로〉(1968), 〈사령의 함정〉(1988), 〈스위트 홈〉(1989) 등으로 다양하게 발전한다. 전통적인 공포와 서구적인 요소들이 결합, 혼용되면서 일본의 공포영화는 더욱 발전한다. 전 세계를 뒤흔든 〈링〉의 공포는 그런 흐름 속에서 만들어진 것이다. 비디오를 본 사람은 저주를 받고, 저주를 풀려면 비디오를 복사해서 누군가에게 보여주어야 한다. '행운의 편지'처럼 익숙한 설정이면서도 원인과 결과가 분명하게 지정되어 있는 〈링〉(1998)의 공포는 서구인에게도 쉽게 전해졌다. 단순한 원한이나 어둠의 존재가 아닌 논리적으로 납득할 수 있는 공포였던 것이다. 〈주온〉(2002)은 한 공간에 머무르면서 그곳을 찾아오는 모든 이들을 죽이는 지박령의 공포를 보여준다.

〈블레어 윗치〉(1999)로 시작되어 〈파라노말 액티비티〉(2007), 〈REC〉(2007) 그리고 괴수물 〈클로버필드〉(2008)로까지 확장되면서 지금도 위력을 발휘하고 있는 페이크 다큐멘터리fake documentary 형식은 공포의 대상이 아닌 공포를 느끼는 방식을 새롭게 제시했다. 현실을 말끔하게 보여주는 것이 아니라 사람들이 대상을 접하는 방식, 즉 카메라나 CCTV 등 흔들리고 조악한 화면을 통해 희미하게 비춰지는 공포를 전달한다. 귀신이나 악마 등의 형상이 제대로 눈에 들어오지는 않지만, 영화 속 인물이 공포의 대상을 느끼는 흐릿한 감각을 관객에게 그대로 전달하려는 것이다. 그런 점에서 모큐멘터리Mockumentary는 확실히 성공을 거두었고, 쉽게 사라지지도 않을 것이다.

공포영화는 세상의 질서를 근본부터 의심하는 장르이다. 상식과 규범을 뒤집어보고, 무언가 은폐되어 있는 것을 드러내는 시도이다. 공포영화 속 귀신을 가장 무서워하는 이는 대개 내면의 두려움을 지니고 있는 사람들이다. 〈뉴 나이트메어〉(1994)에서 말하듯, 무서운 이야기는 태곳적부터 인간이 가지고 있던 공포를 형태만 조금씩 바꿔가며 전해진다. 무서우면서도 공포영화를 자꾸 보는 이유는, 공포영화 속의 두려운 존재가 사실은 우리 마음속에 이미 존재하기 때문이다.

최근에는 〈해리 포터〉와 〈트와일라잇〉 시리즈처럼 공포영화의 전통적 요소였던 마법과 악마, 뱀파이어, 늑대인간들이 인간과 어울려 사는 존재로 묘사되는 경우가 늘고 있다. 영 어덜트물에서는 초자연적인 존재들이 일종의 아웃사이더로 묘사되면서 청소년들의 소외와 분노를 투사하는 존재로 격상되고 있다. 괴물과 타자가 일상과 연결되고 친숙해지는 추세는 더욱더 확산되고 강화될 것으로 보인다.

3

호러의
종류

오컬트

오컬트물은 흔히 악마나 유령, 흑마술 등이 나오는 이야기를 의미한다. 그러니까 초자연적인 무엇이 등장하면 대체로 오컬트물이라고 할 수 있다. 귀신이나 원혼이 나오는 것과 무저갱無底坑 어딘가에서 악마가 나타나는 것은 너무 가극이 넓다. 영화에서 오컬트라고 하면 〈엑소시스트〉, 〈오멘〉, 〈서스페리아〉(1977), 〈악마의 씨〉 같은 영화들이 떠오른다. 〈아미티빌 호러〉(1979), 〈폴터가이스트〉(1982) 같은 영화도 오컬트에 포함되기는 하지만 일상에 끼어드는 귀신 이야기는 조금 다르다. 그런 점에서 오컬트의 의미를 좁혀서 살펴보는 것이 좋을 듯하다. 단순히 유령이 등장하는 이야기가 아닌 악마나 악마 숭배자, 마법, 위치크래프트witchcraft, 점성술과 마법, 강령술, 악령, 사탄, 빙의, 저주, 종말

론 등등 다양한 소재가 활용되는 이야기로 말이다.

오컬트는 라틴어 오쿨투스Occultus(숨겨진 것, 비밀)에서 유래했다. 오컬트는 과학적으로 증명되지 않은 것에 대한 탐구, 그리고 은밀하게 전해져 내려오는 신비한 지식 등을 의미한다. 오컬티즘은 신비주의, 영성주의 등으로도 말할 수 있다. 신비한 지식은 중국의 도교와 티베트의 밀교, 이집트의 신비주의와 유대교의 카발라, 기독교의 영지주의 등으로 전해진다고 한다. 밀교, 비밀결사 혹은 이단이라 불리는 종교적, 정신적 흐름을 알고 싶다면 그레이엄 핸콕의 『탤리즈먼 : 이단의 역사』를 참조하면 좋다. 움베르토 에코의 『푸코의 진자』는 신비주의와 이단의 흐름이 유럽의 문명사에서 어떻게 흘러왔는지에 대해 흥미진진하면서도 경외와 조롱을 섞어 그려낸다.

오컬트를 단지 흥미로만 바라본다면 일종의 마법으로 여겨지기도 한다. 중세의 마녀들에 대한 이야기, 마법과 연금술로 황금, 호문쿨루스Homunculus를 만들어내는 이야기, 악마를 숭배하며 세상의 종말을 꿈꾸는 사틀의 이야기 등등으로 이어진다. 영화에서 오컬트라고 하면 흔히 악마를 둘러싼 의식과 숭배가 떠오른다. 〈오멘〉에서는 악마의 상징인 666이 몸에 새겨진 적그리스도가 태어나고, 〈엑소시스트〉에서는 소녀의 몸에 악마가 들어가 퇴마 의식을 하러 온 신부를 조롱한다. 〈서스페리아〉는 유럽의 우아한 발레학교가

실은 악마의 소굴이었다는 이야기다.

　로만 폴란스키의 〈악마의 씨〉는 아이라 레빈의 소설을 각색한 영화다. 소설의 원제는 『로즈메리의 아기』인데, 속편인 『로즈메리의 아들』도 나왔다. 평범한 중산층 주부인 로즈메리는 능력 있고 다정한 남편과 함께 뉴욕의 고풍스러운 아파트에 입주한다. 이웃들은 친절하고 무엇 하나 흠잡을 데 없는 환경이었다. 임신에도 성공하여 태어날 아이를 기다리며 행복한 한때를 보낸다. 하지만 이 모든 것이 음모였다. 고급 아파트는 악마를 숭배하는 집단이 모여 사는 곳이었고, 남편 역시 그 일원이었다. 로즈메리를 이용하여 악마의 자식을 세상에 나오게 하려는 음모였던 것이다. 『로즈메리의 아들』에서는 30년간 혼수상태에 빠진 로즈메리가 깨어나 아들 앤디의 행방을 찾던 중 그가 위대한 지도자로 추앙받고 있음을 알게 된다. 실제로 로만 폴란스키가 〈악마의 씨〉를 만든 후, 그의 아내인 샤론 테이트는 사이비 종교 집단인 찰스 맨슨 일당에게 살해를 당했는데, 일부에서는 이를 두고 〈악마의 씨〉를 만든 저주라는 말을 하기도 했다.

　1970년대에는 미국과 유럽, 일본 등지에서 오컬트가 유행했다. 다수의 오컬트 영화는 물론, 앨리스 쿠퍼와 블랙 사바스 등의 록밴드는 악마 숭배를 상징하는 공연을 하기도 했다. 유리 겔러의 초능력과 UFO도 대인기였다. 1970년대는 새로운 세계를 꿈꾸던 1960년대가 한순간에 막을 내린 후에 찾아왔다. 상상할 수 없는 것을 상상하고, 기존의 모든 질서와 상식을 뛰어넘으려는 현실의 시도는 패배했다. 하지만 1960년대의 상징이었던 히피의 정신주의는 여전히 가능했다. 1960년대에도 마약과 명상 등을 통한 정신적 초월은 중요한 흐름이었다. 1970년대에 들어서자 현실의 사회운동에서 패퇴한 청년들이 대거 인도로 향했다. 일부는 프리섹스와 환락의 세계에 빠져드는가 하면, 또 일부는 악마주의에 빠져들었다. 모두 현실을 뛰어넘어 다른 종류의 진실을 찾으려던 시도로 볼 수 있다.

피터 스트라우브의 『고스트 스토리』는 오컬트 분위기를 한껏 느낄 수 있는 걸작이다. 밀번이라는 작은 마을의 노인들이 살해당하고 연이어 기괴한 일들이 벌어진다. 자신들이 과거에 저지른 잘못이 불러온 저주라고 생각한 리키와 시어스는 유명한 호러 소설가이자 초자연현상, 심령술에 해박한 에드워드의 조카 단에게 도움을 청한다. 악마와의 계약, 늑대인간, 흡혈귀, 저주받은 마을 등 공포물의 익숙한 설정과 캐릭터들이 총출동하여 흥미진진한 오컬트의 세계를 펼쳐 보인다.

스티븐 킹의 『샤이닝』과 『닥터 슬립』도 흥미롭다. 스탠리 큐브릭이 영화화하여 찬사를 받았던 『샤이닝』은 폐점을 앞둔 고급 호텔을 관리하며 소설을 쓰려고 들어간 잭이 뭔가에 사로잡혀 미쳐가는 이야기다. 『닥터 슬립』은 성장한

책의 아들이 신비한 능력을 갖게 되고, 자신과 비슷한 힘을 가진 악당들과 싸우는 이야기다. 스티븐 킹의 아들인 조힐의 작품들도 재미있다. 〈혼스〉(2014)라는 제목으로 영화화된 『뿔』은 억울하게 죽은 여자친구의 복수를 위해 악마가 되는 남자의 이야기다. 악마가 대체 뭐가 나빠, 라는 장광설이 매력적이다. 데뷔 단편집인 『20세기 고스트』는 오컬트의 다양한 풍경을 만날 수 있고, 『하트 모양 상자』는 우연히 얻게 된 양복에 깃들어 있는 악령과 싸우는 록 스타의 모험담으로, 한 번 읽기 시작하면 손에서 내려놓기 어려운 흥미진진한 스릴러다.

동양의 오컬트물이라면 홍콩의 〈영환도사〉(1987), 〈강시선생〉(1987) 같은 영화가 떠오른다. 악령이 깨어나고 이와 싸우는 주인공의 이야기는 매우 전형적이다. 음과 양의 조화로 인간과 귀신을 설명하는 동양의 정서로 볼 때 악마가 세상을 멸망시키려 한다는 오컬트물은 너무 거창하게 들리기도 한다. 하지만 신화와 종교의 관점에서 본다면 인간과 세계의 종말은 자연의 흐름처럼 당연한 귀결이다. 힌두교와 불교에서도 악의 존재가 세상을 장악한다는 이야기는 많이 있다. 만화에서는 『공작왕』, 『요괴소년 호야』, 『3×3 아이즈』 등이 막강한 힘을 가진 악마와 싸우는 전형적인 이야기로 인기를 끌었다.

반도 마사코의 『사국』은 1990년대 이후 일본에서 유행했던 토속 호러의 걸작이라 할 수 있다. 시골 시고쿠의 마을을 배경으로 죽은 자들이 하나둘 돌아오는 이야기다. 스즈키 코지의 『링』은 영화로 더 유명한데, 이후에 출간한 『라센』과 『루프』는 영화와는 달리 일종의 사이버펑크 호러에 근접하며 스펙트럼이 무한히 확장된다. 영화 〈이벤트 호라이즌〉(1997)처럼 오컬트가 러브크래프트를 만나면 '코스믹 호러'로 마구 뻗어 나가기도 한다.

유령과 괴물

공포물 하면 역시 유령이다. 원한을 갖고 죽은 귀신이 나타난다는 이야기는 오래 전부터 민담이나 설화로 전해졌다. 『장화홍련전』처럼 분명한 이야기 구조를 가진 경우도 많다. 동양에서는 유령을 당연한 존재로 여겼다. 인간에게는 영혼이 있고, 인간이 죽으면 영혼은 저승으로 간다. 하지만 억울하게 죽음을 당하거나 급작스러운 사고로 죽는다면 세상에 원한과 집착이 생겨 이승에 남는다. 때로는 자신이 죽었다는 것을 인지하지 못하기도 한다. 자신의 억울함을 알리기 위해서 끊임없이 사람들 앞에 나타나지만, 귀신의 말을 들을 수 없는 사람들은 그저 무서울 뿐이다.

『요재지이』에 나오는 이야기를 영화로 만든 〈천녀유혼〉(1987)은 나무 요괴에게 인간의 혼령이 사로잡히는 설정이다. 나무 요괴와 싸우는 법사는 인간은 양, 귀신은 음이라고 말한다. 애초에 인간과 귀신은 다른 존재이고 양립할 수가 없다. 서로를 건드리는 것이 금지되어 있다고나 할까. 그렇지만 늘 규칙을 어기는 존재들은 있고 그래서 문제가 발생하게 된다. 기쿠치 히데유키의 소설을 원작으로 한 애니메이션 〈요수도시〉(1987)에서도 인간과 요마는 서로 침범하지 않는다는 협정을 맺고 있다. 하지만 원칙이 있어도 늘 예외가 생기고, 규칙을 무시하는 자들은 생기기 마련이다. 바로 그 지점에서 이야기가 만들어진다.

귀신에도 다양한 유형이 있다. 누구에게나 혼령이 있다. 죽으면 저승으로 가고, 대부분의 유령은 사람에게 위해를 끼치지 않는다. 그럴 만한 힘도 없다. 하지만 원한이나 욕망이 깊으면 무엇인가에 들러붙고 힘이 점점 강해진다. 공포물에 흔히 나오듯, 인간의 분노나 슬픔, 정념 같은 것들을 흡수하면 힘이 강해지는 것이다. 일본에는 사령死靈만이 아니라 생령生靈이라는 개념도 있다. 사령은 죽은 후에 영이 되는 것이고, 생령은 살아 있는 사람의 영이 독자적으로 움직이는 것을 말한다. 분노나 원한이 너무 강하면 사념이 구체화되고 무엇인가에 달라붙어 영향을 끼치게 된다. 사람을 위협하거나 병들게 하고, 사물에 들러붙기도 한다. 본체인 사람이 자고 있는 동안에는 더욱 활발하게 활동을 한다.

인간의 감정이 극도로 강해지면 그것 자체가 영이 된다. 혹은 살아 있는 자체로 오니鬼가 되기도 한다. 영화 〈음양사

2〉(2003)를 보면 질투가 강해지면서 처음에는 생령이 나타나 악영향을 끼치다가, 마침내는 여인의 머리에서 뿔이 나고 그대로 오니가 되는 장면이 나온다. 일본 만화나 소설에는 이처럼 살아 있는 사람의 감정이 극도로 강해지면 생령이 나타나거나, 사람이 오니로 변하는 모습이 종종 나온다. 이것을 현대적으로 표현한다면, 평범하거나 착했던 사람이 어느 순간 극악한 사이코패스가 되거나 극단적인 감정에 사로잡혀 타인을 지옥으로 몰아넣는 것으로 볼 수 있다. 귀신과 요괴는 살아 있는 인간 자체로도 가능한 것이다.

사람이 오니가 되는 경우도 있지만, 보통 요괴라고 하면 인간이 아닌 다른 존재를 의미한다. 요괴에는 다양한 종류가 있다. 태어날 때부터 도깨비나 갓파처럼 요괴인 경우도 있고, 여우나 뱀이 요괴로 변하기도 한다. 생물만이 아니다. 무생물의 경우도 인간의 정념이 쌓이거나 곁에 오래 있다 보면 요괴로 변하기도 한다. 혹은 자연의 에너지가 쌓이는 것으로 보기도 한다. 아끼던 인형이 대표적이고, 우산이나 장통, 심지어는 벽이 요괴가 되기도 한다. 요괴는 인간과 다른 존재일 뿐 모두가 사악하거나 인간에게 위해를 끼치지는 않는다. 인간과는 다른 세계의 법칙으로 움직이는, 인간과는 다른 차원이나 파장을 가진 존재일 뿐이다. 다만 특별한 능력을 가진 경우가 많기에 사악한 마음을 품거나 흉악해진다면 보통의 인간은 상대하는 것이 불가능하다.

요괴를 서양식으로 말하면 요정이나 괴물(몬스터)을 의미한다. 고블린, 럼펠스틸스킨 같은 사악한 요정이나 트롤, 세이렌, 케르베로스 등 신화에 나오는 존재들도 여기에 속한다. 괴물에는 드래곤이나 오거, 크라켄 등도 포함된다. 서양의 요정과 괴물은 인간이나 사물이 변해서 되는 경우보다 타고난 경우가 많다. 애초부터 그런 종족이나 존재인 것이다. 초고대부터 존재하던 이종족과 괴물로 그려지기도 한다. 요정과 괴물이 판타지로 확장되면 『반지의 제왕』처럼 인간과 엘프, 오크, 드워프, 호빗 등 이세계의 존재로 등장한다. 할리우드 영화에서 요정은 주로 판타지에 등장하지만 가끔은 럼펠스틸스킨, 그렘린처럼 인간을 위협하는 사악한 요정으로 나오기도 한다.

상상의 존재라고 생각하는 요정, 요괴보다 인간의 영혼에서 시작된 귀신은 동서양을 막론하고 공포물의 단골 소재다. 서양에서도 혼령의 존재는 일반적으로 받아들여진다. 서양에서는 환생의 개념이 일반적이지 않고, 대개 사람이 죽으면 천국이나 지옥으로 간다고 생각한다. 그러나 동양과 마찬가지로 세상에 미련이 많거나 원한이 있으면 이승에 남는다. 멜로 영화인 〈사랑과 영혼〉(1990)처럼 사랑하는 아내를 돕기 위해 이승에 잠시 머무르기도 한다. 또한 저주나 흑마술을 통해 강제로 혼령을 잡아두는 경우도 있다. 서양에서도 〈영혼의 목걸이〉(1989), 〈컨저링〉(2013), 〈파라노말 액티

비티〉(2007) 등의 영화로 다양하게 유령 이야기를 하고 있다.

동양의 유령은 서양보다 더욱 다양한 방식으로 이야기된다. 죽어서 다른 세계로 가는 경우도 있고, 불교에서 말하는 환생도 있다. 과거의 업이 현생으로 이어지기 때문에 쫓고 쫓기는 관계가 영원하게 이어지기도 한다. 다카하시 츠토무의 만화 『스카이 하이』는 특이한 저승의 개념을 보여준다. 죽은 후에 영혼은 원한의 문에 다다르고, 문지기 이즈코가 그들의 선택에 대해 이야기한다. 이승의 모든 것을 잊고 저승으로 가든가, 이승의 원한을 풀고 지옥으로 갈 것인가. 수많은 종교와 신화에서 저승에 대해 말했지만 무엇이 진실인지는 아무도 모른다. 죽기 전까지는 알 수 없으므로 저승과 죽음 이후의 혼령이 어떻게 되는지에 대해 무한한 상상이 가능하다.

연쇄살인과 사이코패스

미국의 아카데미상은 의외로 보수적이다. 나이 많은 남성 회원들이 다수이기 때문이라는 분석도 있다. 유색인종과 여성을 차별하기도 하고, 장르 영화를 폄하하기도 한다. 코미디, SF, 호러 등의 장르 영화에는 거의 상을 주지 않는다. 작품상 수상작 중에서 코미디 영화는 우디 앨런의 〈애니홀〉(1977)이 유일하고, SF 장르는 아예 없다. 〈스타워즈〉 시리즈, 〈아바타〉(2009), 〈매드 맥스〉 시리즈 등이 아무리 인기를 끌어도 기술상 정도만 줄 뿐이다. 공포영화는 하나 있다. 조나단 드미의 〈양들의 침묵〉(1991). 그런데 과연 〈양들의 침묵〉을 공포영화라고 부를 수 있을까?

로버트 해리스의 소설을 각색한 〈양들의 침묵〉은 연쇄살인범을 쫓는 FBI 요원 클라리스의 이야기다. 버팔로 빌이라 불리는, 여자를 납치하여 가죽을 벗기는 살인마를 잡기 위하여 클라리스는 감옥에 수감된 한니발 렉터를 찾아간다. 탁월한 정신과 의사였으며 FBI에 자문을 하기도 했던 한니발은 인육을 먹는 살인마였다. 자신이 연쇄살인범이기도 하고, 누구보다 그들의 마음을 잘 이해하는 한니발에게서 클라리스는 큰 도움을 얻지만, 한니발은 이내 탈옥하고 만다.

〈양들의 침묵〉은 전형적인 스릴러다. 초자연적인 현상은 등장하지 않고, 다만 한니발과 클라리스의 치열한 두뇌 싸움을 중심에 두고 이야기를 전개한다. 사실 승부는 애초에 정해져 있다. 한니발은 누구도 범접할 수 없는 천재적인 범죄자다. 아니 선과 악의 경계를 넘어선 지 오래인 새로운 인간이다. 요즘 말로는 사이코패스라고 할 수 있는 인간 이상의 인간. 그런데 〈양들의 침묵〉을 공포물이라고 부르는 이유는 무엇일까? 바로 고어gore(피, 선혈) 장면 때문이다. 한니발은 인육을 먹고, 시체를 이용하여 장식하는 것을 좋아한다. 탈옥을 할 때 경찰의 배를 가르고 내장을 끄집어내 기묘한 형상을 만들기도 한다. 드라마로 만들어진 〈한니발〉 시리즈는 시체를 이용하여 하나의 상징물을 만들어낸다.

살인은 보통 미스터리와 스릴러의 주요 소재지만 범행 방법이 극도로 잔인하거나 엽기적이면 공포물로 분류되기도 한다. 『한국 공포 문학 단편선』에도 초기에는 귀신이나 악마가 등장하기보다 고어를 강조한 공포소설이 많았다. 또한 슬래셔 영화처럼 연쇄살인이나 대량 살인이 잔혹하게 벌어지면 공포물이 되기도 한다. 〈13일의 금요일〉(1980)은 연쇄살인마가 점차 초자연적인 괴물로 변해간다. 그러나 1980년대 슬래셔 영화를 패러디한 〈스크림〉(1996)은 죽는 사람도 많지 않고 범인도 멀끔한 보통 사람이지만 공포영화로 분류된다.

슬래셔 영화는 이후 고어 장면만을 특화하는 장르로 발전해가기도 한다. 〈쏘우〉 1편(2004)은 밀실에 갇힌 남자들의 심리를 그린 스릴러였지만, 속편을 거듭하면서 어떻게 엽기적으로 사람을 고문하고 죽일 것인가를 보여주는 고어영화로 변한다. 『십각관의 살인』 등 본격 미스터리인 관 시리즈로 유명한 아야츠지 유키토는 1980년대의 슬래셔 영화에서 영향을 받은 소설 『살인귀』를 1990년에 발표하기도 했다.

고어 장면이 많이 나오지 않아도 공포물이 될 수 있다. 다프네 뒤 모리에의 소설을 알프레드 히치콕이 영화로 만든 〈사이코〉는 이중인격의 남자 이야기다. 주인공인 노만

베이츠가 어떻게 이중인격이 되고, 어머니가 사망한 후에
도 어째서 어머니에게 사로잡히게 되었는지는 드라마 〈베
이츠 모텔〉에서 확인할 수 있다. 히치콕이 연출한 샤워 장
면은 그야말로 경악스러운 공포의 순간을 만들어냈지만 실
제로는 잔인하지 않다. 칼을 든 손이 위 아래로 움직이고,
핏물이 흐르고, 얼룩진 손이 샤워 커튼을 아래로 끌어당긴
다. 고어가 아니어도 공포를 만들어내는 것은 충분히 가능
하다. 〈사이코〉는 인간의 마음에 담긴 악의 존재를 극명하
게 드러낸다. "귀신보다 사람이 무섭다"고 할 때의 진한 공
포감, 그것이야말로 진정한 공포라고 할 수 있다.

TV 프로그램 〈그것이 알고 싶다〉는 사람들의 입에 자주
오르내릴 만한 기이한 사건들을 많이 다룬다. 개인적으로
가장 공포물에 가깝다고 느낀 사건이 있는데, 약혼남이 문
자만 남긴 채 사라진 사건이다. 의심이 가는 용의자는 약혼
녀의 친구인 쌍둥이 형제다. 약혼자가 사라진 그달 쌍둥이
가 빌린 상가의 빈 사무실에는 엄청난 수도세가 나왔다. 약
혼자를 죽이고 시신을 토막내어 하수구에 흘려보낸 것이
아닌가, 라는 의심을 할 만한 정황이다. 심지어 사무실에서
는 약혼자의 혈액형과 같은 혈흔도 발견되었다. 하지만 용
의자는 그날 약혼자와 시비가 붙어 싸움을 벌였고, 그 때문
에 피가 난 것은 사실이지만 그 후에 돌아갔다고 진술했다.
정황과 심증은 있지만 결정적인 단서가 없어 미궁에 빠진

사건이다.

시간이 흐른 후 쌍둥이 형제와 얽힌 다른 사건이 방송되었다. 계속 추적을 하던 중 쌍둥이 형제가 다른 사건에 연루된 것을 알게 된 것이다. 그들은 친하게 지내던 청년 앞으로 보험을 든 뒤 그를 죽이고, 연고가 없는 노인들을 차로 치여 합의금으로 보험금을 빼돌려왔다. 이런 사건들이 반복되자 경찰은 보험 사기 사건으로 수사 중이었다. 뭔가 의심스러워 쌍둥이 형제의 과거를 캐보자 충격적인 사실이 드러났다. 그들이 중학교 때 동대문운동장의 운동용품점에서 주인을 살해한 사건의 범인으로 밝혀졌다. 운동용품을 훔쳐 달아나다가 한 명이 잡히자, 되돌아온 한 명이 합세하여 주인을 칼로 찔러 살해했다. 형사처벌이 불가능한 나이였기에 그들은 소년원에 갔고 사건 기록도 봉인되었다.

나는 두 편의 방송을 보고 나서 소름이 돋았다. 쌍둥이 형제는 사이코패스인 것일까? 자신들의 목적을 위해서라면 태연하게 살인을 저지르는 살인마들인 걸까? 이 실제 사건은 스릴러의 소재가 되기도 하지만 공포물로 끌어올려도 충분히 가능한 이야기다. 일상에서 가능한 사건에서 상식 이상의 비현실성을 느끼게 된다면 공포물로 기능할 수 있기 때문이다.

일본의 공포 드라마 〈토리하다〉의 소재 중에는 초자연적인 현상이 전혀 없다. 모두가 인간의 이야기다. 택배 직원을 스토커하는 여자가 어느 순간 그의 목숨을 위협한다. 콜센터 직원인 여자는 매일 같이 걸려오는 블랙 컨슈머Black Consumer의 정체가 매일 만나는 옆집의 친절한 아줌마였음을 알게 된다. 스토킹은 현실에서도 충분히 일어날 수 있다. 하지만 스토커의 행동이 도를 넘으면 공포가 시작된다. 옆집 여자가 우연히 블랙 컨슈머였던 것이 아니라, 의도적으로 그녀의 직장을 알아내고 매일 악의적인 전화를 했던 거라면 소름이 끼친다. 별다를 것 없이 늘 비슷한 일상을 사는 사람들에게 어느 순간, 현실의 벽을 뛰어넘는 공포의 순간이 도래한다. 〈토리하다〉를 보고 있으면, 저 사건이 지금 내 곁에서 벌어진다 해도 이상하지 않다는 생각이 든다. 믿기지는 않지만 충분히 현실적이다. 그러면서도 설마 저런 일이 나에게 일어날 리는 없어, 라고 생각하게 된다. 그런 점에서 호러는 일상이라는 견고한 벽을 허무는 또 하나의 현실이라 할 수 있다.

실화 괴담

무서운 이야기들은 시공을 초월하여 떠돌아다닌다. 어딘가의 누군가에게 일어난 무서운 이야기가 입에서 입으로, 지금은 인터넷을 통하여 순식간에 만방으로 퍼지면 여기에 디테일이 덧붙여지고 새롭게 각색되어 괴담이 되기도 한다. 과거에는 민담이 거의 사람들의 입을 통해 전달되었다.

고대, 중세에는 사람들의 이동이 제한적이어서 마을에서 벌어진 신기한 일이나 귀신 이야기가 밖으로 퍼지기 위해서는 외부에서 들어온 장사꾼이나 유랑자가 필요했다. 마을 사람들은 이방인이 들려주는 외부의 신기한 이야기에 매혹되고, 자기 마을의 기이한 이야기도 들려주게 되는데 그것이 밖으로 퍼져나가는 것이다. 그렇게 만들어진 이야기를 모은 책이 라프카디오 헌의 『괴담』이다.

이러한 괴담들은 '도시 전설'이라고도 불린다. 도시에는 수많은 사람들이 살고 있고 무수하게 지나쳐 가지만, 그들이 누구인지는 모른다. 서울에 살고 있으면서도, 이 도시 어딘가에서 벌어지는 일을 나는 잘 모른다. 내 주변에서 벌어지고 있지만 정작 나는 전혀 모르는 이야기들이, 입에서 입으로 그리고 인터넷을 통해 떠도는 것이 도시 괴담이다. 홍콩 할매 귀신, 빨간 마스크 같은 귀신 이야기도 있고, 어린이용 과자인 톡톡과 콜라를 같이 먹으면 장이 폭발한다는 등 기이한 이야기까지 있다.

도시 괴담을 보아 만든 일본 공포영화 〈시부야 괴담〉(2003)에는 어느 역의 특정 사물함에 가서 소원을 빌면 이루어진다거나, 모 백화점 피팅룸에서 옷을 갈아입던 여성이 흔적도 없이 사라졌다거나, 자동차 아래에서 손이 나와 지나가던 사람의 발목을 잡았다는 등의 괴담이 줄지어 나온다. 도시 괴담에 대해 더 알고 싶다면 이를 이론적으로

분석한『일본의 도시 괴담』과 잡다한 괴담을 모은『도시 괴담』,『일본 도시 괴담』 등의 책을 살펴보라.

'실화 괴담'이라는 말은 이전부터 있었지만, 1998년 일본에서 나온 책『신 미미부쿠로新耳袋』의 성공 이후 본격적으로 쓰이기 시작한다. 원래는 에도시대 후기의 서민 풍속을 배경으로, 여러 마을에서 전해지는 괴담을 수집하여 기록한『미미부쿠로』라는 괴담집이 있었다. 그 형식을 가지고 와서, 키하라 히로카츠와 나카야마 이치로가 일본 전역에서 현대의 도시 괴담을 모아『신 미미부쿠로』를 출간했다. 이후 '괴담'을 제목에 붙인『괴담 신 미미부쿠로』는 선풍적인 인기를 끌어 10여 권이 넘는 책이 나왔고, 드라마와 영화로도 만들어졌다. 일본의 HD 방송 채널인 BS-i에서 만들어진 〈괴담 신 미미부쿠로〉는 방송 중간에 들어가는 단막극으로 만들어졌다. 길어 봐야 5분 정도로, 그야말로 잠깐씩 전해주는 귀신 이야기들은 꽤 섬뜩하다.

1999년에는 스즈키 코지 원작의 영화 〈링〉이 개봉했고, 시미즈 다카시가 비디오 영화로 〈주온〉을 만들었다. 〈링〉은 실화 괴담과는 다른 본격 공포소설이지만, 저주가 '전염'되는 과정은 괴담이 전달되면서 증폭되는 양상과도 흡사하다. 〈주온〉은 영화판도 있지만 최고작은 가장 먼저 만들어진 오리지널 비디오다. 시미즈 다카시 감독은 〈여우령〉(1996)과 〈링〉을 연출한 나카타 히데오가 추구하는 일상의 공포가 아니라, 1980년대 슬래셔 호러의 '보여주는 공포'를 원했다. 〈여우령〉은 남편에게 억울하게 죽임을 당한 여인이 지박령이 되고, 그녀의 원한과 저주가 그 집에 들어온 모든 이들을 통해서 뻗어나가는 모습을 보여준다. 〈링〉과 〈주온〉 그리고 실화괴담의 인기는 당시 'J-호러'라고 불리던 일본 공포물의 견인차였다. 실화 괴담은 『괴담 신 미미부쿠로』뿐만 아니라 『정말로 있었던 무서운 이야기』 등 다양한 시리즈로 이어진다. 여기에 괴담, 공포 전문 잡지 〈괴怪〉와 〈유幽〉도 가세하여 엄청난 인기를 끌었다. 한국에서도 PC 통신, 인터넷 등을 통해 괴담이 성행했고, 유일한 작가의 『어느 날 갑자기』 등은 베스트셀러가 되기도 했다.

실화 괴담은 대부분 '누군가'의 경험을 전달한다. 그렇다고 해서 그게 '사실'이 되지는 않는다. 세상에는 착각이나 혼자만의 망상 역시 존재하니 말이다. 실화 괴담의 맛은 분명한 원인을 찾아내는 데에 있는 것이 아니다. "그런 말이 있다더라, 기묘한 일이 있더라"라는 소문이 또 누구에게 전한다. 그러면서 괴담은 사신만의 이야기로 생명력을 얻어 왕성하게 움직인다. 속편은 절대 안 만들겠다던 웨스 크레이븐이 다시 연출을 맡은 〈뉴 나이트메어〉는 영화와 현실을 오가며 이야기가 전개된다. 1편에 출연했던 배우들이 토크 쇼 등에서 오랜 팬들과 만나고, 신작을 찍는 과정에서 진짜 프레디에 의한 살인이 벌어진다. 웨스 크레이븐은 실명으

로 영화에 출연하여 '무서운 이야기'가 어떻게 시공을 넘나들며 생명을 얻어 지속되는지를 말해준다. 고대의 요정이나 악마, 귀신들의 이름이 바뀌고, 시대의 욕망에 조응하여 다른 형상으로 변해가는 것을 역설한 것이다.

실화 괴담은 언제나 존재했던 '무서운 것'을 지금의 모습으로 들여다보는 재미를 준다. 별다른 이유나, 결말도 없다. 그냥 누군가가 섬뜩한 일을 경험했고, 그런 이야기를 듣고 짜릿한 기분을 느끼는 것이다. 혹자는 "이게 뭐야"라며 실망할 수도 있지만 어쩔 수 없다. 독자들로부터 투고받은 짤막한 괴담을 다듬고 일부 창작하여 『귀담백경』이라는 책으로 '실화 괴담'을 제대로 풀어낸 오노 후유미는 괴담과 공포소설의 차이에 대해 이렇게 말한다.

제 안에서 호러와 괴담은 달라요. 괴담은 기분 나쁜 일이 일어나지만 정체가 분명치 않죠. 가슴이 울렁거릴 만한, 불편한 공포가 묘미 아닐까요? 하지만 호러는 그곳이 출발점이죠. 거기서부터 이야기를 부풀려나가야 해요.

괴담은 하나의 현상이고, 호러(공포소설)는 그 현상을 파고들어가 이유를 찾아내는 것이다. 아무리 터무니없고 별 것 아닌 이유라 할지라도, 파고들어 가서 완결된 이야기를 만들어내면 호러소설이나 호러영화가 되는 것이다. 괴담과 호러 중 무엇이 더 우월한가, 라는 것은 중요하지 않다. 그저 각자가 지향하는 지점이 다를 뿐이다. 『귀담백경』에 실린 「마음에 들다」를 바탕으로 장편소설로 풀어낸 『잔예』는 공포소설의 범주에 속하지만 정확하게는 '괴담소설'이다. 『잔예』는 한 아파트에서 나타나는 기묘한 소리와 혼령의 이유를 밝혀내려 한다. 하지만 마지막까지도 명확하지 않다. 인과관계를 밝히지 않고, 그저 공포의 근원을 추적하면서 드러나는 '사실'들만 하나둘 알려줄 뿐이다.

편집자인 쿠보는 집에서 이상한 소리를 듣는다. 다다미를 쓰는 듯한 소리. 그 이야기를 괴담을 수집하는 작가인 '나'에게 보낸다. 편지를 주고받으면서 쿠보가 사는 아파트에서 또 다른 제보가 있었음을 알게 된다. 그리고 '나'는 괴담에 빨려 들어간다. 아파트 전체에서 뭔가 나타난다면 이유는 땅에 있는 것이 아닐까? 버블 시대인 1980년대, 2차 세계대전 직후의 공장, 그렇게 메이지 시대까지 거슬러 올라간다. 불에 타 죽은 누군가, 마루 밑을 기어 다니는 존재, 벽을 뚫고 나오는 갓난아기 등등 기이한 이야기들이 계속 전해진다. 일본에는 '촉예'라고 하는, 더러움을 접하면 전염된다는 사고방식이 있다. 저주나 원한과는 다른 '어떤 의도도 없는 재난의 일종'이다. 〈주온〉에서 귀신 들린 집에 들어온 이에게 붙어 다니는 지박령 같은 것이다. 『잔예』에서도 귀신이 존재하는 집, 땅에 들어온 사람에게 뭔가가 전염된다. 그 사람이 돌아가는 곳에 다시 그 뭔가를 전염시킨다. 결국 전염된 사람들 중에서 누군가는 자살하고, 또 누군가는 다른 사람을 죽이기도 한다. 그렇게 공포는 전염된다.

'나'는 귀신을 본 적도 없으며 모든 것에 합리적인 설명을 하길 좋아하는 사람이다. 항상 '모든 것은 허망일지 모른다'라고 생각하는 '나'는 그런 회의적인 태도로 밝혀낸 사실만을 나열한다. 그래서 무섭다. 원한이 무엇인지 알아서가 아니라 아니라 모르기 때문에 두렵고, 어떤 의도도 없이 전염될 수 있기에 더욱 끔찍하다. 공포의 본질은, 우리가 알기 때문이 아니라 모르기에 더욱 섬뜩하다. 미지의 존재들, 인간의 힘으로는 결코 도달할 수 없는 어떤 지점에 손을 들이밀었기에 닥치는 재난들, 그게 공포다.

실화 괴담이 더욱 무섭고 인기를 끄는 이유는 이렇듯 수수께끼 자체로 남아 있어서일지도 모른다. 이렇다 저렇다 말은 많지만 누구도 그 실체를 알지 못한다. 파고들어 가도 확실한 것은 없다. 국내에서도 〈다큐드라마 이야기 속으로〉라는 프로그램에서 흉가라고 소문난 집, 이상한 것을 봤다는 터널, 사고가 연발하는 교차로 등을 찾아간 적이 있었다. 케이블 채널에서는 아예 흉가를 찾아가거나 귀신 들린 사람을 만나는 프로그램도 있다. 하지만 기독교에서 귀신이나 초자연적인 이야기는 무조건 '미신'이라고 몰아붙이는 통에 미디어에 그런 프로그램이 나오기만 하면 '주의'나 '경고'를 붙이니 도통 살아남지를 못한다.

좀비

10여 년 전만 해도 좀비zombie는 비주류였다. 공포영화에서도 좀비물은 마니아들이나 좋아했다. 그도 그럴 것이 좀비의 형상이 징그럽고, 사람을 만나면 물어뜯고 내장을 빼내는 바람에 비위 약한 사람은 아예 볼 엄두도 못 내는 것이다. 하지만 21세기 이후 '좀비 아포칼립스', 즉 좀비로 인한 종말 과정이나 그 이후를 그린 만화, 소설, 영화 등이 대중문화의 주류에 안착했다. 드디어 21세기를 상징하는 공포의 아이콘으로 등극한 것이다.

다소 독특한 좀비물인 『웜 바디스』는 좀비와 소녀의 사랑 이야기를 그리고 있다. 기억과 의식이 없고 썩은 시체인 좀비가 어떻게 사랑을 할 수 있을까 싶지만 『웜 바디스』의 좀비는 우리가 알고 있던 '괴물'이 아니다. 『웜 바디스』의 원작 소설을 쓴 아이작 마리온은 "만약 좀비에게 의식이 있나면 어떨까"라는 질문으로 소설을 쓰기 시작했다. 육신이 덜 썩었고 의식이 있다면 『트와일라잇』의 뱀파이어나 늑대인간과 무엇이 다를까? 바로 인간과는 다르지만 또 다른 '종족'으로서 좀비가 세상에 존재할 여지가 있다. 2008년에 나온 영국 영화 〈콜린〉은 인간의 기억이 희미하게 남아 있는, 콜린이라는 이름을 가진 좀비의 시점에서 바라본 세상을 보여준다. 『웜 바디스』도 〈콜린〉처럼 일반 대중이 감정이입할 수 있는 좀비를 묘사하려 했다.

좀비는 20세기 들어 정착된 캐릭터다. 뱀파이어나 늑대인간의 기원은 고대나 그 이전까지 올라가고, 프랑켄슈타인이라는 괴물은 근대과학의 발명품이다. 골렘을 비롯한 영혼이 없는 인형 혹은 괴물도 오래된 이야기다. 부두교에서 실제로 존재했다고는 하지만, 지금 같이 좀비에게 물린 희생자가 다시 좀비가 되는 이야기로 정착된 것은 조지 로메로의 영화 〈살아 있는 시체들의 밤〉(1968)부터였다. 알 수 없는 이유로 무덤 속의 시체들이 깨어나고, 좀비에게 물리면 다시 좀비가 되는 악순환 속에서 사투를 벌이는 사람들의 모습은 끔찍한 공포로 다가왔다. 그것은 1950년대에 유행했던 '외계의 침공'에 대한 공포가 내부의 공포로 바뀐 것이기도 하다. 1950년대의 공포는 핵전쟁이었고, 평온한 사회를 외부에서 공격하거나 잠입하는 외계인과 괴물 혹은 '공산주의자'를 두려워했다. 좀비 이야기는 공동묘지에서 시작된다. 또는 눈에 보이지 않는 바이러스에 감염되면 누구나 좀비가 될 수 있다.

좀비를 사전에서 찾아보면 1) 죽은 자를 되살아나게 하는 영력(서인도 제도 원주민의 미신), 그 힘으로 되살아난 무의지의 인간. 2) (무의지적, 기계적인 느낌의) 무기력한 사람, 멍청이, 라고 나와 있다. 좀비의 시원은 할리우드 영화에도 자주 등장했던 부두교의 주술이다. 정말로 시체를 깨어나게 하는 것은 아니고, 가사 상태에 빠지게 한 후 무덤에서 파내 노예로 쓰는 주술이다. 저주를 걸어 산 사람을 좀비로 만드는 것도 가능하다고 주장하기도 한다. 이렇듯 좀비는 카리브 해 지역의 원시 종교인 부두교의 무당들이 만들어 낸 '시체 같은 사람'을 말한다.

웨이드 데이비스의 논픽션 『나는 좀비를 보았다』는 할리우드의 인기 캐릭터인 좀비의 기원을 찾기 위해 아이티로 떠나는 이야기다. 그는 실제 좀비를 만들 수 있다는 수상한 약물과 주술을 발견하기도 한다. 진짜 좀비를 만나지는 못하지만, 그는 좀비의 존재는 가능하다고도 생각한다. 그런데 또 다른 좀비를 발견한다. 바로 공동체에서 벌을 받은 인간을 살아 있는 시체 취급을 하는 것이다. 일종의 '사회적 좀비 만들기'라고 할 수 있다. 현대사회의 인터넷 조리돌림이나 허위 사실을 SNS로 퍼트리는 것이 이와 비슷하지 않을까?

미국 남부에서 괴담처럼 떠돌던 좀비는 〈화이트 좀비〉(1932), 〈나는 좀비와 함께 걸었다〉(1943) 등의 공포영화에서 무당의 저주로 살아 있는 시체가 된 좀비로 구현된다. 영화에서는 인간성과 의식이 박탈된 시체 같은 존재를 좀비라 칭했고, 시체에 부적을 붙여 움직이게 만드는 중국의 강시와는 다른 형태였다. 〈좀비의 왕〉(1941), 〈좀비의 역병〉(1966) 등에서 초자연적인 괴물로 발전해가던 좀비는 조지 로메로의 '좀비 3부작'인 〈살아 있는 시체들의 밤〉, 〈시체들의 새벽〉(1978), 〈죽음의 날〉(1985)에 이르러서야 지금 우리가 알고 있는 형상으로 구체화된다.

알 수 없는 이유로 깨어난 시체들, 어기적거리며 탐욕스럽게 인육을 찾아 헤매는 좀비, 좀비에게 물리면 다시 좀비가 되는 사람들, 사랑하는 이가 좀비가 되었을 때의 슬픔과 두려움, 그리고 바이러스처럼 증식하며 다가오는 종말의 공포는 매스미디어에 세뇌되어 주체적인 사고력을 잃은 현대인에 대한 은유이다. 좀비보다 야비하고 잔인한 인간에 대한 절망 등 '좀비'의 모든 것이 '좀비 3부작'에 담겨 있다. 좀비가 무적인 이유는 막강한 파워 때문이 아니라 끊임없이 숫자를 늘려가는 속성 때문이다. 인간이 완전히 사라질 때까지 좀비는 늘어날 수밖에 없다. 또한 좀비가 주는 공포는 어떤 대화도 불가능한 비이성적인 집단이라는 점이다. 살점을 뜯어먹는 잔인한 살육자들은 십자가로 퇴치할 수도 없고, 제물로 대신할 수도 없다. 최후의 인간까지 잡아먹지 않는 한 좀비는 포기하지 않는다.

잔인한 고어 장면으로 인기를 끈 좀비영화가 유독 서구에서 인기를 끄는 데에는 종교적인 이유도 있다. 종말의 날에 시체들이 깨어난다는 계시록의 구절을 기억하기 때문이다. 좀비의 출현은 바로 종말의 예고다. 인간의 패배는 이미 예정된 것이고, 천년왕국이 도래하기 전까지 지상에 남은 모든 인간은 죽음을 맞이해야만 한다. 또한 조지 로메로는 일찍이 좀비영화에 정치적인 의미를 부여한 바 있다. 좀비 3부작 중 2편인 〈시체들의 새벽〉에서 좀비는 쇼핑센터로 몰려든다. 살아 있을 때의 습관을 반복하는 것으로, 대량 소비의 물결에서 허우적거리는 현대인에 대한 은유로 표현했다. 폭주족들이 무참하게 좀비를 박살내고 괴롭히는 모습을 보면, 한편으론 자신의 주관도 없이 선전 선동과 광고에 휘둘리고, 끝내는 국가정책과 폭력 범죄의 희생자가 되는 현대인이 얼마나 가련한 존재인지를 깨닫게 된다.

너무 잔인하고 끔찍했기에 비주류 공포영화로만 득세했던 좀비물이 21세기 들어 '대중적인 공포'로 부상하게 된 것은 대니 보일의 〈28일 후〉(2002) 덕분이다. 초자연적인 설정을 배제하고 '분노 바이러스' 때문에 괴물로 변한 사람들을 그린 〈28일 후〉는 야수처럼 뛰어다니는 좀비들과 대결하는 새로운 스타일의 액션영화다. 〈시체들의 새벽〉을 리메이크한 〈새벽의 저주〉(2004)가 대성공을 거두면서 좀비물은 21세기를 장악한다. 이로 인해 만화와 소설 등을 통해 뱀파이어 이상으로 다양하게 변주된 좀비와 좀비 이후의 모습이 등장하기 시작했다. 뱀파이어와 늑대인간이 소녀들의 사랑을 한 몸에 받는 로맨틱한 영웅으로 변신하는 동안 좀비는 현대인이 가장 두려워하는 악몽으로 확장되었다.

좀비의 공포를 정면으로 그린 만화 『워킹 데드』는 드라마로도 만들어진 '좀비 아포칼립스'의 대표작이다. 『워킹 데드』는 좀비가 나타나는 순간의 공포를 넘어 현대문명의 종말을 맞이하고 정글에서 살아남아야 하는 사람들을 그리고 있다. 매일같이 좀비와 싸우면서 어떻게 그들이 미치지 않고 살아갈 수 있는지를 보여주며, 그들의 기괴한 일상과 절망을 우울하고 폭력적으로 그려낸다.

조지 로메로는 여전히 '좀비'를 비판적으로 사고할 것을 주장한다. 3부작 이후 20년 만에 만든 〈랜드 오브 데드〉(2005) 등을 통해 로메로는 좀비가 단순한 '괴물'이 아니라 인간을 대체할 수도 있는 새로운 종의 가능성임을 암시한다. 리차드 매드슨의 소설 『나는 전설이다』에서 새롭게 지구를 장악한 변종 인류들의 '전설'이 마지막 살아 남은 인간이었던 것처럼 말이다. 영국 드라마 〈인 더 플레시〉는 치료약을 맞고 이성을 찾은 예전의 좀비들이 고향으로 돌아가는 이야기를 그린다. 좀비에게 가족과 친구를 잃은 이들은 돌아온 그들을 믿지 못하고, 사람들의 차별에 분노한 예전의 좀비들이 모여 조직을 만든다. 이 드라마는 좀비물이 인간의 분노와 차별, 폭력성, 종말 등 다양한 주제로 뻗어나갈 수 있음을 보여준다.

좀비물은 미국뿐만 아니라 전 세계의 일상적인 문화 현상이 되었다. 국내 작품 중에도 영화 〈이웃집 좀비〉(2009)와 〈앰뷸런스〉(2012), 드라마 〈나는 살아 있다〉, 만화 『좀비의 시간』과 『좀비를 위한 나라는 없다』, 소설 『좀비들』, 『대학로 좀비 습격사건』 등이 있다. 인류의 종말을 불러오는 끔찍한 존재에서 미래의 변종 인류, 심지어 사랑스러운 연인으로까지 확장된 '좀비'는 현대인의 우울한 자화상과 지독한 악몽 모두를 상징한다. 가해자이자 피해자로서의 좀비, 그것이야말로 현대인의 모습 그대로가 아닌가.

타자의 공포

1950년대의 공포영화는 SF와 결합하는 경향을 보였다. 미친 과학자가 기이한 실험에 빠져들어 가면서 괴물을 만들어내는 유형이 인기였다. 거대한 쥐나 벌레를 만들기도 하고, 〈플라이〉(1986)처럼 인간과 파리가 하나로 결합되기도 한다. 괴물을 만들어내는 것이 인간의 오만에서 시작된 악몽이라면, 외계인의 침공은 어떻게 봐야 할까? 추상적인 신이 아니라 구체적인 고등생명체의 징벌 혹은 조언으로 봐야 할까?

키아누 리브스가 출연한 리메이크 영화 〈지구가 멈추는 날〉(2008)은 외계인이 경고를 하기 위해 지구로 찾아온다. 압도적인 능력을 가진 외계인은 지구인이 지구를 파괴하며 자멸하고 있음을 경고한다. 만화 『기생수』도 이와 비슷하다. 인간과 다른 존재가 지구에 등장하여 인간을 벌한다. 인간이라는 존재는 자신들이 지구의 유일한 의식 있는 생명체이자 지배자라고 생각한다. 하지만 인간은 주인이 아니라 손님이다. 잠시 머물다 가는 존재인 것이다.

인간이 태양계 바깥은 고사하고 아직 화성에도 발을 디디지 못한 상태에서, 지구를 찾아오는 외계인은 당연히 더 월등한 기술과 문명을 가졌을 것으로 추정할 수 있다. 〈지구가 멈추는 날〉의 외계인처럼 나름 우호적인 입장을 가지고 있다면 좋겠지만, 그들이 마냥 평화를 사랑한다고 생각할 수는 없다. 신대륙을 찾아 떠난 유럽인들이 그랬듯이 말이다. 그렇기에 외계인이 지구에 온다면 어떤 이득을 취하기 위해 왔다고 생각하는 것이 먼저이다. 단순한 탐험도 결국은 개척과 이식으로 이어지기 마련이므로. 스티븐 스필버그의 〈E. T.〉(1982)가 나오기 전까지 외계인의 이미지는 대부분이 침략자, 정복자였다. 즉 외부에서 오는 낯선 존재는 공포의 대상이 되었던 것이다.

1950년대 외계인 침공 영화의 대표작이라 할 수 있는 〈바디 스내쳐〉는 은밀하게 외계인이 숨어들어와 인간을 하나둘 바꿔나간다. 일종의 기생식물처럼 인간의 몸에 들어가 지구를 장악하는 것이다. 냉전이 시작되면서 사람들을 세뇌하는 공산주의자에 대한 공포를 은유한 〈바디 스내쳐〉는 이후 〈외계의 침입자〉(1978), 〈보디 에일리언〉(1993) 등으로 리메이크되었다. 이 영화들을 보고 있으면 미국 사회에서 외부의 타자를 어떻게 인식했는지를 대강 짐작할 수 있다. 여전히 공포의 대상으로서 타자를 보는 것은 동일하지만, 점점 그들과 우리의 차이는 좁혀진다. 그것은 곧 '우리'라고 여기는 집단 내부가 끊임없이 분열되고 갈등이 일어남을 의미한다. 점점 더 외부의 침입을 '함께' 걱정해야 할 '우리'는 사라지고 있는 것이다.

정말로 걱정해야 할 타자는 공동체 바깥에서 오는 타자가 아니라 우리의 곁에 있는 타자다. 인간이 처음 접하게 되는 타자는 가족, 친구, 사회이다. 타자를 받아들인다는 것은 결국 성인이 되는 과정이기도 하다. 아이들에게 왕따를 당하던 소녀가 분노에 사로잡혀 친구들을 죽여 버리는 〈캐리〉(1976), 자동차에 무한한 애정을 쏟던 소년이 어느 날 자동차가 살아 있음을 알게 되는 〈크리스틴〉(1983) 같은 영화는 사춘기의 빛나는 일상이 어떻게 분노와 저주로 돌변하는지를 보여주고 있다. 그것은 죠스 웨던이 만든 드라마 〈버피와 뱀파이어〉에서도 반복된다. 부모와 선생, 그리고 세상의 모든 것이 악의 손길이다. 그 안에서 살아남기 위해서는 또 나른 초사인적 존새들과 손을 잡으며 싸워 나가야 한다. 브라이언 유즈나의 영화 〈소사이어티〉(1989)에서는 사회의 모든 것이 위선적인 악마의 소굴이라고 말한다.

이런 공포물들이 궁극적으로 전하고자 하는 메시지는 타자가 더 이상 바깥에 있지 않다는 점이다. 근대까지만 해도 유효했던 공동체의 신화는 더 이상 존재하지 않는다.

〈여고괴담〉에서 아이들은 영원히 학교에 붙어 있는 귀신에 대해 이야기한다. 학교라는 공동체 안에서는 어제까지 친구였던 아이가, 오늘은 왕따를 주도하는 가해자가 되기도 한다. 그 간극은 크지 않다. 너무도 태연하게 친구에서 악마로 변해버린다.

인간의 본성 자체를 의심하는 작품들 중에는 아이들은 순진무구하다는 생각에 대해 의문을 제기하기도 한다. 〈옥수수밭의 아이들〉(2011), 〈저주받은 도시〉(1995) 등의 영화에서는 아이들이 지배하는 사회가 나온다. 알 수 없는 존재에게 지배받는다는 설정이지만, 아이들의 세계는 어른들의 세계 이상으로 잔인하다.

타자는 공포물에서 가장 빈번하게 등장하는 소재다. 귀신과 괴물이라는 초자연적인 존재부터 외계인, 자연과 맹수, 친구와 이웃, 그리고 친밀한 가족까지 내가 아닌 모든 존재가 언젠가는 적으로, 공포의 대상으로 돌변할 수 있다. 익숙하고 친밀한 존재가 감췄던 이빨을 드러냈을 때 공포는 배가 된다. 인간이 집단을 이루며 살고 공동의 적과 함께 싸우며 문명을 만들어가기 시작했을 때부터, 나와 우리가 아닌 존재들은 모두 적이었다. 현대인들에게 '우리'라는 개념이 희박해지고 '만인의 만인에 대한 투쟁'이 익숙해져 있기 때문에 '나' 이외의 모든 타자는 적이자 공포의 대상이 될 수 있다.

4
한국에서
호러 장르의 가능성

한국만의 공포물이 필요한 이유

1960~70년대까지만 하더라도 〈하녀〉(1960), 〈월하의 공동 묘지〉(1967) 등 한국형 공포영화는 꽤 인기가 좋았다. TV에서 방영한 〈전설의 고향〉도 꽤나 무서웠지만, 80년대 이후로 맥이 끊어지고 말았다. 이처럼 〈전설의 고향〉으로 익숙했던 고전 호러의 세계는 어느 순간 사라지고 만다. 그리고 1990년대의 공포는 새로운 지점에서 시작했다. 처녀귀신이나 구미호 대신 도시 괴담들이 떠돌기 시작한 것이다.

인터넷이라는 말보다 통신망이라는 말이 더욱 익숙하던 1990년대 초 PC 통신에서 인기를 끌었던 소설은 정통 판타지만이 아니었다. 판타지와 공포물을 혼합한 이우혁 작가의 『퇴마록』은 선풍적인 인기를 끌었다. 악을 물리치는 퇴마사의 이야기인 『퇴마록』은 기공을 배워 퇴마사가 된 현암, 가

톨릭의 엑소시즘을 배운 박 신부 등이 주인공으로 나와 동서양의 '퇴마'를 한꺼번에 보여준다. 『퇴마록』은 1994년부터 책으로도 출간되어 베스트셀러가 되었다. 이영도의 『드래곤 라자』와 함께 인터넷 소설의 위력을 알린 작품이었다. 하지만 『퇴마록』은 일정 부분 한계를 지니고 있었다. 동양과 서양의 퇴마술, 나이와 성별이 적당히 분포된 팀, 하나의 에피소드에서 세계의 종말까지 확장되는 전개 방식 등은 일본 만화와 롤플레잉 게임이 혼합된 형태였다. 귀신을 물리치기 위해 싸운다는 것뿐 『퇴마록』은 공포소설이 파고들어야 할 공포의 근원을 제대로 보여주지 못했다.

『퇴마록』보다 전통적인 공포물에 가까운 것은 차라리 1990년대 말 인터넷에서 떠도는 무서운 이야기를 모은 유일한 작가의 『어느 날 갑자기』였다. 『어느 날 갑자기』는 소설이라기보다 괴담에 가깝다. 주변에 떠돌던 이야기나 누군가에게 들은 이야기를 인터넷에 올리고, 그것에 살이 붙거나 변형되어 다시 사람들 사이에 회자되는 이야기였던 것이다. 도시 괴담은 근대 이전의 설화나 민담의 기능을 대신하고 있다. 미국에서는 1988년 『사라진 히치하이커』가 발간되어 '도시 전설'에 대한 연구가 본격적으로 시작되었고, 〈캔디맨〉, 〈캠퍼스 레전드〉 등 도시 괴담을 소재로 한 영화들이 만들어졌다.

『어느 날 갑자기』는 학교에 나타난 친구의 혼령 등 일상

생활에서 돌연하게 벌어지는 기이한 사건들을 다루고 있다. 괴담은 어떤 형식을 갖추어 주제를 말하는 것이 아니라, 그 냥 있었던 이야기를 전달하는 것뿐이다. 그래서 괴담을 공포소설과는 다르다고 말하는 경우도 있다. 형식의 측면에서 본다면 분명히 차이가 있다. 하지만 민담이나 설화가 시간 이 흐르면서 소설로 변형되는 경우도 많은 것처럼 괴담 역시 하나의 이야기로 충분히 작용할 수 있다.

또한 분절된 이야기 자체로도 의미는 있다. 첫째, 대중적인 파급력을 가진다. 지금은 인터넷이 있기 때문에 하나의 사건이나 이야기가 삽시간에 퍼진다. 인터넷 게시판 등을 통해 전달되는 이야기는 기승전결을 가진 문학이 아니다. 그저 들은 대로 전하는 이야기일 뿐이지만, 그것만으로도 대중은 열광하고 빠져든다. 둘째, 괴담에도 사회적인 이유가 있다. 학교가 유난히 도시 괴담에 많이 등장하는 이유는 학교가 아이들에게 가장 중요한 공간이라는 이유와 함께 학교 자체가 거대하고 특이한 사회라는 점 때문이다. 학교는 일반 사회와는 다른 방식으로 움직이는 아이들만의 기묘한 공동체다. 도시 괴담의 근원을 파고들면, 지금 우리 사회의 근원적인 공포가 무엇인지 알 수 있다.

1980년대 이후 한국 공포물의 맥은 끊어졌지만, 『어느 날 갑자기』의 등장으로 공포물이 여전히 대중에게 호소력이 있다는 것을 증명했다. 박기형 감독의 〈여고괴담〉이 대단히 인기를 끈 것도 주효했다. 오랜만에 등장한 한국 공포영화라는 점도 흥행의 주요한 이유였지만, 무엇보다 〈여고괴담〉은 공포물의 중요한 기능을 다시 확인시켜준 영화였기에 주목을 받았다고 할 수 있다. 한국 사회에서 학교는 갖가지 '폭력'으로 얼룩져 있다는 사실에는 많은 이들이 동의한다. 교사의 폭력, 친구들 간의 육체적 정신적 폭력, 입시제도라는 폭력 등 〈여고괴담〉은 학교라는 폭력적 공간 속에 존재하는 아이들의 갈등과 분노를 예리하게 포착했다. 또한 '여고'라는 공간은 페티쉬적인 분위기도 공존한다. 교복을 입은 여고생이 비명을 지르며 뛰어다니는 광경은 그 자체가 볼거리다. 〈여고괴담〉에서는 몇 년간 반복해서 학교를 다니는 학생이 귀신으로 밝혀진다. 『어느날 갑자기』와 〈여고괴담〉은 비슷한 유형의 도시 괴담이었던 것이다.

한국적인 공포라는 것이 과연 존재할까? 서구의 뱀파이어나 악마로는 대변할 수 없는 우리의 내면에 존재하는 공포란 무엇일까? 〈여고괴담〉 이후 등장한 한국의 공포영화를 보면, 아식은 우리만의 공포를 분명하게 찾아내지 못한 것으로 보인다. 사회의 폭력을 여고라는 공간을 통해 절묘하게 끄집어낸 〈여고괴담〉이나, 근대화의 망령을 섬뜩하게 담아낸 〈소름〉(2001), 한국 기독교의 기묘한 풍경을 그린 〈불신지옥〉(2009) 등 몇몇 영화가 한국인이라면 누구나 절실하게 느낄 법한 현실적인 공포의 흔적을 드러냈을 뿐이다. 그러나 대다수의 한국 공포영화는 일본의 〈링〉과 〈주온〉의 귀신 이미지를 재탕하거나 충격 요법만을 남용했을 뿐이다.

공포소설 역시 아직은 걸음마 단계라고 할 수 있다. 괴담 모음집인『어느 날 갑자기』와 공포 판타지라고 할『퇴마록』이 우리들이 직감하는 공포의 단면을 슬쩍 건드렸을 뿐이다. 그 후 이종호의『분신사바』와『이프』, 김종일의『몸』과『손톱』, 신진오의『무녀굴』,『한국 공포 문학 단편선』등이 우리 주변의 공포가 무엇인지 파고든 소수의 예라 할 수 있다. 아직까지도 우리는, 우리의 진정한 공포가 무엇인지 제대로 그려내지 못했다. 개개의 작품들에서 조금씩 드러내려고 시도는 했지만, 대중적으로 확산되지는 못했다.

'우리'의 공포가 뭐가 그리 중요하냐고 생각할 수도 있다. 인종과 민족을 막론하고 귀신을 만나면 누구나 공포를 느낄 텐데, 과연 우리만의 공포가 필요한 것인지 의문을 가질 것이다. 물론 공포는 만국 공통의 것이다. 하지만 그것은 원초적인 공포에 한한다. 귀신을 만나면 누구나 무서워하겠지만, 그것은 그저 괴담 형태일 뿐이다. 귀신 이야기는 어디에서나 만날 수 있고, 잔인한 사지절단 풍경은 심지어 정육점에서도 늘 벌어지는 일이다. 단지 그것뿐이라면 우리는 괴담을 모으고, 그것을 전파하기만 하면 된다.

하지만 공포는 언제나 똑같은 얼굴로 다가오는 것이 아니다. 공포는 구체적인 시공간 속에서 사람들마다 다른 형상으로 나타난다. 아무리 태초부터 존재했던 어둠에 대한 공포일지라도, 지금 우리에게는 또 다른 형태로 바뀌어 침입하는 것이다. 과거의 민담이나 설화가 도시 괴담이 되었듯이, 우리가 사용하는 문명의 이기인 컴퓨터와 핸드폰 등이 언제든지 공포의 도구로 탈바꿈할 수 있다. 〈링〉의 비디오가 그렇고, 〈폰〉(2002)의 핸드폰이 그렇듯이 말이다. 결국우리가 어떤 사회에서 어떻게 살아가고 있는지에 따라, 공포의 구체적인 형상은 바뀌기 마련이다. 공포는 비일상적인 현상이지만, 바로 우리의 일상 속에 숨어 있는 것이다.

다양한 공포소설이 나와야 한다

그런 점에서 한국의 공포물은 여전히 시작 단계다. 로맨스와 판타지, 미스터리 등 대부분의 장르는 꽤 풍성한 작가군을 거느리고 있다. 그러나 공포는 정말 한 손으로 꼽을 정도다. 세계에서 가장 많은 소설을 판매한 작가가 공포물 중심인 스티븐 킹이라는 것을 생각하면 이상할 정도다. 일본에서도 〈링〉의 스즈키 코시를 비롯하여 꾸준히 공포물이 나오고 있다. 이상할 정도로 한국만 이렇다 할 공포소설이 없다. 공포영화는 조금 있었다. 〈여고괴담〉이 성공을 거두고 김지운의 〈장화, 홍련〉(2003)이 뒤를 이으면서, 한때는 여름마다 4~5편의 공포영화가 만들어지기도 했다. 가장 먼저 개봉하는 공포영화는 성공한다는 말이 나올 정도로

매년 한두 편 정도의 성공작도 있었다.

하지만 작품의 질이 문제였다. 귀에 거슬리는 소리와 갑자기 뭔가가 확 튀어나오며 사람들을 놀라게 하는 것을 공포라고 여기는 공포영화가 많았다. 공포의 이유가 무엇인지, 사람들이 공포를 느끼는 대상이 무엇인지 생각하지 않고 그저 무서운 외양과 소리만으로 공포영화를 만들어냈던 것이다. 그 결과 처음 개봉하는 공포영화는 성공한다는 말조차 무색하게 되었다. 어떤 해는 공포영화가 한 편도 없는 경우도 있었고, 있어도 급조된 공포영화만 잠깐 스치고 지나갔을 뿐이다. 조금이나마 기대를 걸었던 몇몇 공포영화들도 아쉬움만 남기며 사라져갔다. 〈검은 사제들〉(2015)이 그나마 배우들의 힘으로 성공을 거두긴 했다.

지금은 일본의 J-호러도 위력을 발휘하지 못하지만, 공포물은 여전히 많이 만들어지고 있다. 할리우드도 마찬가지이며, 가끔 〈컨저링〉 같은 대히트작이 나오기도 한다. 〈링〉과 〈스크림〉처럼 커다란 흐름을 만들어낼 위력적인 작품은 보이지 않지만, 장르물의 기반이 튼튼한 미국과 일본에서는 공포물이 결코 사라지지 않는다. 드라마가 강세를 보이는 미국에서는 〈워킹 데드〉를 비롯하여 〈아메리칸 호러 스토리〉, 〈페니 드레드풀〉, 〈사우스 오브 헬〉, 〈세일럼〉, 〈황혼에서 새벽까지〉 등 다양한 호러물이 만들어지고 있다. 스티븐 킹을 필두로 하는 공포소설 역시 매우 풍성하다.

현재 한국에는 공포소설이 아예 없다고 해도 과언이 아니다. 역설적으로 말한다면, 그렇기에 무엇을 해봐도 가능하다. 전통적인 귀신이 등장하는 토속 호러가 1970년대까지 인기를 었었고, 〈여고괴담〉과 〈장화, 홍련〉의 성공 이후 10대 여성을 메인 타겟으로 하는 공포영화들이 대거 만들어졌다. 와중에 〈소름〉과 〈불신지옥〉 등의 수작도 나왔다. 하지만 한국 공포영화가 다룬 소재라고 해봐야 원귀와 복수극, 근대의 망령, 집착 등에 불과하다. 엑소시스트를 참조로 한 〈검은 사제들〉과 좀비물인 〈부산행〉(2016)이 이제 막 등장했을 뿐 영화에서 공포는 여전히 황무지다. 드라마에서는 더욱 심하지만 〈뱀파이어 탐정〉이 시즌2까지 돌입한 것을 보면, 뱀파이어나 늑대인간 등 공포 캐릭터를 활용한 액션물이나 영 어덜트 등은 가능성이 있어보인다.

영화나 드라마에서 꾸준히 공포물이 등장하기 위해서는 결국 공포소설이 많이 나와야 한다. 다양한 공포소설이 등장해야 영상화가 되는 경우가 늘고, 그중 대중의 인기를 끄는 작품이 있어야 공포물에 대한 인식도 높아진다. 다만 공포물은 기괴한 분위기나 장면들이 등장하고 때로 고어한 묘사도 나오기 때문에 마니아를 중심으로 움직이는 경우가 많다. 외국의 경우를 보면 확고한 마니아층을 기반으로 장르의 공식을 한껏 활용한 영화들이 저변에 깔려 있다. 또한 일반 대중을 타깃으로 묘사 수위를 낮추거나 대중적 요소를 가미한 공포영화도 많이 만들어진다. 마니아가 주류였던 좀비물에서 고어 묘사를 확 빼버린 〈월드워 Z〉(2013)가 블록버스터가 된 것을 예로 들 수 있다.

공포물은 다양하다. 소재는 가족의 갈등부터 자연과의 싸움, 경쟁의 공포 그리고 이세계와 은하계 이종족과의 결투, 악마, 생령과 사령, 요정과 괴수까지 다루지 않는 소재가 없을 정도다. 무한한 소재를 다루는 방식도 다양하다. 성장 드라마, 심리 드라마, 잔혹극, 슬래셔, 퇴마, 고딕. 공포물은 다른 장르와 결합되었을 때 대중적인 파급력이 더욱 커진다. 공포물을 조금 순화시키면 다른 장르로 얼마든지 넘어갈 수 있다. 또한 공포영화의 거장들이 말하는 것처럼, 공포물은 관객과 독자가 공포와 스릴을 느끼게 하기 위해 뛰어난 테크닉이 필요한 장르이다. 독자에게 공포를 주기 위해 무엇을 해야 하는지 끊임없이 생각하고 또 실현해야만 한다.

웹소설의 가능성

웹소설에서 공포물은 미묘한 위치에 있다. 전통적인 공포물은 거의 주목받지 못한다. 하지만 공포물의 소재와 트렌드를 이용하여 만들어낸 가벼운 이야기들은 인기를 끈다. 이를테면 뱀파이어와의 로맨스를 다룬 현대물이라든가 좀비와 대결하는 액션물 등을 예로 들 수 있다. 아니면 유령과의 로맨스나 초자연적인 존재들이 나오는 청춘 코미디도 가능하다. 그리고 『퇴마록』처럼 초자연적인 존재들이 전투를 벌이는 액션 판타지, 전기소설 등도 있다.

전통적인 공포물은 1980년대 이후 대중문화에서 거의 소외되었다. 할리우드와 일본에서 만들어진 공포영화들이 가끔 인기를 끌었을 뿐이다. 할리우드 공포영화의 주류라고 할 〈엑소시스트〉, 〈오멘〉, 〈폴터가이스트〉, 〈아미티빌 호러〉(2005) 등은 쉽게 잊혀졌다. 〈여고괴담〉, 〈장화, 홍련〉 등으로 그나마 인기를 끌던 한국 공포영화가 내리막을 타던 2008년, 갑자기 〈고사〉(2008)라는 영화가 성공을 거두었다.

〈고사〉는 그야말로 철저히 기획된 영화였다. 당시 여름, 개봉 예정인 공포영화가 하나도 없다는 것을 알고, 3개월 만에 촬영에서 후반 작업까지 완료했다. 한국 공포물의 주요 소비층이 10대 여학생이라는 것을 분석한 후, 그들이 가장 무서워하는 것과 흥미 있어 하는 것을 모두 끌어들였다. 학교, 시험, 우정과 질투, 사랑 등의 소재들이 이야기와 상관없이 마구잡이로 흐른다. 개연성이나 의미 같은 것은 따지지 않는다. 무서워할 만한 장면을 맥락 없이 집어넣기도 한다. 철저하게 관객의 심리를 계산했지만 완성도를 높일 생각은 없었던 듯하다. 흥미만을 자극한 〈고사〉는 성공했지만 속편은 망했다. 대중은 두 번 속지 않는다.

그럼에도 〈고사〉의 성공 요인은 생각해 볼 필요가 있다.

여전히 한국 공포물의 주요 소비층은 10대 여성이다. 남녀 초등학생들도 만화로 만들어진 조잡한 공포물을 많이 본다. 옴니버스 영화로 만들어진 〈무서운 이야기〉(2012)도 나름 관심을 끌었다. 다만 3편으로 가면 완전히 망작이 된다. 공포의 근원을 쫓아가는 호러소설은 크게 인기가 없지만, 무서운 상황을 제시하며 순간적으로 관객과 독자를 끌어들이는 '괴담'은 인터넷에서도 호응이 좋다.

〈고사〉의 성공 전력을 따른다면 웹소설에서도 10대 여성이 주로 생활하는 학교와 가정을 중심으로 공포의 대상을 찾아낼 수 있다. 우정과 사랑, 질투, 경쟁, 시험, 타자 등이 웹소설 공포물의 소재로 가능하다. 일상적이고 친숙하면서도 어느 순간 가장 낯선 경험을 하게 만드는 것. 단순하게 무서운 이야기들을 짧게 진행시키는 것뿐 아니라 일상의 낯선 순간들을 엮어 공포물로 만들어낼 수 있을 것이다.

또한 공포물의 캐릭터와 소재는 영 어덜트와 라이트 노벨에서 볼 수 있듯이 친숙하면서도 매력적인 존재가 되었다. 뱀파이어, 늑대인간, 마법사, 외계인과 좀비까지 그 어떤 제한도 없다. 로맨스에서 격투물, 판타지, 미스터리 모든 것이 가능하다. 유메마쿠라 바쿠의 『음양사』처럼 역사적 인물을 바탕으로 마법과 퇴마의 세계를 그릴 수도 있다. 기쿠치 히데유키의 『마계도시 신주쿠』처럼 현대 도시를 바탕으로 요마 및 괴물들과 싸우는 도시 판타지를 만들 수도 있다. 영화로도 인기를 끌었던 영 어덜트 『메이즈 러너』는 폐쇄 공간에 청소년들을 몰아넣고 게임처럼 영화를 진행시키다가 2편이 되면 좀비 아포칼립스와 SF로 확장된다. 이처럼 웹소설에서도 호러와 SF, 판타지를 자유자재로 넘나들거나 결합시킬 수 있다. 다양하게 변주할 수 있는 공포물은 웹소설에서도 더욱 확장되며 다양한 이야기로 뻗어나갈 수 있을 것이다.

호러 작가에게 듣는
호러 소설 쓰는 법

2004년 4월, 〈문화일보〉와 출판사 황금가지가 공동 주최한 제3회 황금드래곤문학상에서 『몸』으로 대상을 수상한 후, 나는 작가라는 직함을 새긴 명함부터 찍었다. 당시 학원 국어 강사로 근근이 살아가며 보람도, 긍지도 없는 월급쟁이 생활에 환멸을 느끼던 내게 장르문학상 당선은 빛이요, 동아줄이었다. 그래서 한 치의 망설임도 없이 학원을 그만두었고, 전업 작가가 되었다.

당시 〈문화일보〉 기자와 당선자 인터뷰를 하며 "아직 공포소설이 제대로 대접받지 못하는 우리나라의 척박한 현실을 개척해간다는 기분으로 글을 쓰겠다"며 당찬 포부를 밝힌 지도 12년이 지났다. 그동안 이 땅의 현실은 더 척박해졌고, 호러라는 장르는 찬밥이라 말하기도 뭣한 쉰밥 신세가 되었다.

초장부터 김빠지는 말이지만, 솔직하게 털어놓건대, 나는 호러 작가가 아니다. 물론 그렇다고 공포영화 제작발표회에서 "사실은 공포영화 싫어해"라고 선언하는 일부 영화감독이나 배우들처럼 '호러 소설 쓰는 법'을 쓰면서도 "사실은 나 호러 싫어해"라고 선언할 만큼 낯 두꺼운 사람은 아니다. 나는 그저 호러로 데뷔를 했고, 출간한 소설의 대부분이 호러인 장르소설 작가일 뿐, 외길 호러 인생을 걷는 호러 작가가 아니라는 말이다. 실제로 2016년 3월부터 호러 장르를 잠시 떠나 『나만의 스킨십 능력자들』이라는 웹소설을 네이버에서 연재하며, 이미 완결한 『마녀, 소녀』라는 미스터리 웹소설의 종이책 출간을 준비 중이다. 언제쯤 다시 호러를 쓰게 될지는 모르겠다. 다만 당분간은 더 다양한 장르의 소설을 쓰며 운신의 폭을 넓혀갈 작정이다. 십 년 남짓의 전업 작가 끝에 최근에야 이런 결심을 하게 된 이유는 이후에 밝히겠다.

이 지면은 웹소설이나 장르소설 중에서도 호러라는 변방의 장르에 관심 있는 분들께 드리는 몇 가지 조언으로 채우고자 한다. 인생에 모범 해답이 없듯 창작에도 왕도는 없다. 내게 딱 들어맞는 최고의 노하우라 해도 이 글을 읽는 어느 독자에게는 개똥보다도 못한 무용지물일 가능성도 있다. 그러니 맹신은 금물이다. 모쪼록 취할 부분만 취하길 빈다.

호러를 쓰되 호러임을 밝히지 않는다

호러 작가 H. P. 러브크래프트는 "인류의 가장 오래되고 가장 강력한 감정은 공포다. 그리고 가장 오래되고 가장 강력한 공포는 미지에 대한 공포다"라는 말을 남겼다. 백 번 지당한 말이다. 공포는 인간의 가장 원초적인 감정이다. 무자비한 자연 환경 속에서 다른 종보다 크게 월등하지도 않은 신체 조건으로 생존해야 했던 인류에게 가장 중요한 감정은 공포였다. 두려워해야 살아남을 수 있으니까. 그래서 인류는 적을 두려워했고 질병을 두려워했으며 죽음을 두려워했다. 공포는 2016년을 살아가는 우리에게도 유효하다. 취업준비생은 면접을, 직장인은 월요일을, 학생은 시험을, 주부는 명절을 두려워한다. 시험과 취직, 육아와 집 장만, 카드 대금이나 대출금 체납, 질병과 사고, 부모나 배우자의 죽음 등등 우리네 인생에는 불안하고 두려운 요소들이 도처에 널려 있다.

누구나 알다시피 공포는 결코 긍정적이지 않은, 불쾌에 가까운 감정이다. 따라서 공포라는 감정을 건드리고 들추는 장르인 호러에 독자의 호불호가 뚜렷이 갈리는 현상은 사실 당연지사다. 호러라면 진저리를 치며 아예 외면하는 독자도 부지기수고, "꿈자리 사납게 하는 저 흉물을 내가 왜 돈 내고 읽어야 해?"라며 고개를 가로젓는 독자도 부지기수다. 독자들이 호러라는 장르를 오롯이 즐기지 못하는 데에는 각박한 현실의 탓도 크다. 뉴스의 사회면만 봐도 호러 소설보다 더 무서운 사건들이 넘쳐나는데 어느 누가 호러에 지갑을 열겠는가. '헬조선'이라는 신조어가 유행이 된 땅에서 어느 누가 호러를 할로윈 파티처럼 즐기겠는가. 호러의 제왕으로 통하는 스티븐 킹의 소설이 유독 한국의 출판 시장에서만은 기를 펴지 못하는 이유도 여기에 있다. 호러는 대다수의 독자들이 선호하지 않는 비주류 장르이기 때문이다.

『몸』이라는 데뷔작을 쓰던 2000년대 초반만 해도 나는 이런 현상에 그리 신경 쓰지 않았다. 내가 쓰고 싶은 이야기를 멋대로 써서 황금드래곤문학상에 응모했고, 내로라하는 응모작들 중에서 대상을 수상했다. 당시 수상 소식을 전화로 전했던 황금가지 출판사 관계자에게 가장 먼저 한 말도 "아니, 제 소설보다 더 뛰어난 작품들이 많았는데 왜요?"였다. 그쯤 되니 슬슬 기고만장해지기 시작했다. '이거봐, 내가 쓰고 싶은 이야기를 쓰니 세상이 나를 알아주잖아.' 낭시 온라인에 언재했던 소설을 읽은 독자들의 반응도 꽤 괜찮았다. 폭발적이라고까지는 못해도 '이 정도면 책이 나와도 짭짤하겠구나' 싶었다.

2005년 여름, 마침내 데뷔작 『몸』이 종이책으로 세상에 나왔다. 그런데 웬걸, 책이 팔리지 않았다. 안 팔려도 너무 안 팔렸다. 어느 인터넷신문 기자는 "애들이 읽고 따라할까 무섭다"는 요지의 리뷰로, 가뜩이나 안 팔리는 책의 호흡기를 뗐다. 〈여고괴담〉의 박기형 감독과 영화화 원작 계약을 하기 전까지 나는 지독한 생활고에 시달렸다. 큰딸의 돌잔치 비용이 없어서 다시 학원으로 돌아가 학생들을 가르쳤을 정도였다. 『몸』 1쇄가 다 팔리는 데에는 무려 3년이 걸렸다. 두 번째 단행본이자 첫 번째 장편이었던 『손톱』은 그나마 나았다. 비록 영화화되지는 못했지만, 출간과 동시에 굵직한 중견 영화사와 영화화 원작 계약을 하고 1쇄도 반년 만에 다 팔아치웠다. 하지만 2011년에 낸 세 번째 단행본 『삼악도』에서 『몸』의 악몽이 이어졌다. 소설의 미흡한 완성도가 가장 큰 문제였겠지만, 여하튼 『삼악도』는 독자의 철저한 외면 속에 서점 가판대에서 사라졌다. 『삼악도』는 영화화 원작 계약도 못하고, 여태 1쇄도 소화하지 못한, 내게는 아픈 손가락 같은 소설로 남았다. 대체 뭐가 문제였을까

『삼악도』는 생활고에 시달리던 여성 작가가 어느 영화감독의 각색 의뢰를 받고 떠난 외딴 섬에서 공포에 시달린다는 핵심 플롯부터 시뻘건 책 표지에 이르기까지 내 소설 중에서도 호러의 색이 가장 분명한 소설이었다. 책이 출간되자마자 의외의 복병이 나타났는데, 바로 "너무 잔인하다!"라는 비난이었다. 출판사에서도 여러 매체에 리뷰를 요청했음에도 "재미는 있는데, 너무 마이너한 호러라 써주기가 뭣하다. 더 대중적인 소설이면 좋은데…"라는 식의 답변을

받기 일쑤였다고 한다.

『삼악도』의 뼈아픈 실패로 기나긴 슬럼프에 시달리며 나는 두 가지 교훈을 얻었다. 첫째, 호러를 쓰더라도 장르의 정체성을 드러내지 말 것. 둘째, 독자가 용인할 만한 표현 수위의 선을 절대 넘지 말 것.

첫 번째 교훈을 보며, 호러가 무슨 슈퍼히어로라도 되느냐고 반문하는 독자가 있을지도 모르겠다. 하지만 장르 위장술은 우리네 영화판에서도 널리 통하는 불문율이다. 여태껏 흥행에 성공한 호러는 호러라는 정체성을 감추고 미스터리나 스릴러로 포장한 영화가 대부분이다. 560만 명을 동원한 〈숨바꼭질〉(2013)은 일상 미스터리를 가장한 호러였고, 544만 명을 동원한 〈검은 사제들〉은 스릴러를 가장한 오컬트 호러였다. 아이러니하게도 〈숨바꼭질〉이 흥행한 이유 중 가장 큰 몫을 한 것은 "정말 무섭다!"는 입소문이었다. 〈숨바꼭질〉과 〈검은 사제들〉의 사례를 보며 깨달았다. 우리네 관객이나 독자가 호러 자체를 마냥 싫어하지는 않는다. 다만 대놓고 "나 호러요!"를 기피할 뿐이다. 따라서 호러를 쓸 때에도 어느 정도의 위장술이 필요하다.

내 단행본 중에서 가장 많이 팔린 『손톱』은 완성도로도 독자에게 인정을 받았지만 인상적인 표지로도 호평을 받았다. 깔끔한 흰 바탕의 표지 구석에 오스트리아 표현주의 화가 에곤 실레의 자화상 시리즈를 넣었던 『손톱』은 표지만 봐서는 장르를 구분할 수 없는 '신의 한 수'였다. 웹소설 『마녀, 소녀』는 로맨스까지 곁들인 학원 미스터리였지만 자세히 들여다보면 소원을 이루어주는 마녀나 인터넷 마녀 사냥, 집단 따돌림, 청소년 자살, 초자연 현상 등등 호러라 할 만한 요소가 다분했다. 하지만 독자들은 『마녀, 소녀』를 "소오름"이라 평하면서도 기꺼이 즐겼다.

호러라는 장르는 여전히 내 심장을 뛰게 하는 매력적인 장르다. 하지만 앞서 말했듯 앞으로 나는 취미로 소설을 써도 생계 따위 걱정 없을 만큼 여유로워지지 않는 한, 『삼악도』처럼 호러라는 정체성을 전면에 내세운 소설은 당분간 쓰지 않을 작정이다.

독자의 공감과 감정이입을 자아내야 진정한 호러다

『삼악도』 출간 당시, 나와 인터뷰했던 한 주간지 기자는 내 소설을 이렇게 평했다. "작가님 소설은 딱 여기까지만 했으면 하는 선을 꼭 넘어서더라고요."

당시, 간간이 올라오는 서평마다 잔인하다는 말이 유독 많았다. 서평가로 유명한 어느 블로거는 『삼악도』에서 가장 잔인한 문단을 골라 첫머리에 올려두고 "마음에 들면 이 작품에 호감을 가져도 좋고, 그렇지 않으면 리뷰만 읽고 끝내라"는 리뷰를 남길 정도였다. 안 그래도 「일방통행」이라는 단편으로 참여했던 『한국 공포 문학 단편선』 1권이 잔인성을 문제로 청소년 유해 간행물 판정을 받고 난 후라, 내 나름대로 표현에 수위를 조절했던 참인데 그런 반응이 나오니 의아하기 짝이 없었다.

나중에야 알았다. 호러에도 독자가 용인할 만한 수위의 한계선이 있다는 사실을…. 제아무리 호러를 즐기는 독자라 해도 정도의 차이는 있을지언정 그 선은 반드시 정해져 있게 마련이다. 호러를 즐기지 않는 독자라면 그 수위는 더욱 낮아진다. 작가가 그 선을 넘는 순간, 독자는 낯을 찌푸리며 돌아선다.

이제 막 호러를 쓰기 시작한 작가 지망생들이 곧잘 범하는 실수가 무조건 사람을 죽이고 피가 튀는 장면들로 분량을 채우는 과유불급이다. 활자와 활자마다 피가 흘러넘친다고 호러는 아니다. 로만 폴란스키의 영화 〈악마의 씨〉의 원작으로 유명한 아이라 레빈의 『로즈메리의 아기』는 좀처럼 피를 찾아보기 어려운 오컬트 호러다. 하지만 스티븐 킹에게 "스위스 시계를 보는 듯 정교하고 치밀하다"는 극찬을 받았다. 한미일 3개국에서 영화화되었을 정도로 선풍적인 인기를 끌었던 스즈키 코지의 『링』은 또 어떤가. 원작에는 사다코가 텔레비전에서 기어 나오는 장면이 없다. 그러나 『링』은 여전히 많은 독자들에게 가장 무서운 호러로 손꼽힌다. 헨리 제임스의 『나사의 회전』은 두말할 나위도 없을 테다.

어떤 소설이든 마찬가지지만, 호러는 더더욱 독자의 공감과 감정이입을 불러일으켜야만 한다. 그렇지 않으면 독자는 주인공이 회칼을 든 살인마에게 쫓기든 난도질을 당하든 눈 하나 깜짝하지 않는다. 공감과 감정이입은 독자가 소설 속의 주인공을 자신과 비슷한 '사람'이라고 인식하는 데에서 나온다. 독자는 주인공을 응원할 만한 가치가 있는 인물로 여겨야만 한다. 독자 자신처럼 숨을 쉬고 비슷한 욕망을 품고 하루하루를 치열하게 살아가던 주인공이 절체절명의 위험에 빠졌을 때에야 비로소 독자는 주인공과 함께 긴장과 불안과 공포를 느낀다. 『손톱』 출간 당시, 편집자는 "소설을 읽다 주인공의 통각까지 느꼈다"고 평했다. 그만큼 소설 속 주인공에게 오롯이 몰입했다는 의미였다.

여러분의 주인공은 무엇을 가장 두려워하는가. 호러는 그 무엇이 주인공에게 일어나는 소설이다. 그리고 가끔은 그 무엇을 독자에게 직접 보여주지 말고 상상하게 하라. 영화 〈올드보이〉(2013)에서 오달수가 "사람은 말이야, 상상력이 있어서 비겁해지는 거래"라고 했듯 독자의 상상력을 자극하면 호러는 더 무서워진다.

차별화 아이디어가 없으면 쓰지 않는다

『손톱』이 성공하고 『삼악도』가 실패한 후 한동안 머리를 쥐어뜯으며 고민했다. 도대체 『손톱』에는 있는데 『삼악도』에는 없었던 요소가 무엇일까. 답은 오래지 않아 나왔다. 차별성이었다. 사실 출간 전 『손톱』의 핵심 설정은 "거울 속의 '나'가 '나'를 죽인다"였다.

그런데 소설의 전반부를 쓰기도 전에 예기치 않은 난관이 불거졌다. 문제는 김성호 감독의 영화 〈거울 속으로〉(2003)였다. 재개장을 앞둔 백화점에서 일어나는 의문의 연쇄살인사건을 다룬 그 영화는 『손톱』과 핵심 설정이 똑같았다. 아무리 그 영화와 무관하게 썼지만, 그 영화가 먼저 그 설정을 차지한 이상, 나는 후발주자였다. 아이디어를 먼저 차지한 기존 작품이 있다면 그 작품과의 유사성을 최대한 피해가는 수밖에 없다. 그래야 나중에 후환이 없으니까. 그 영화와의 유사성을 피해가면서 애초에 쓰려던 이야기를 효과적으로 표현할 방법이 없을까 모색하던 중, 백과사전에서 실마리를 찾았다.

깎은 손톱과 발톱이 적의 손에 들어가면 감염주술感染呪術의 원리에 의하여 원소유자를 해치게 된다고 하는 관념이 가장 많다. 때문에 뉴질랜드의 마오리족 추장의 손톱과 발톱은 묘지에 숨기고, 파타고니아의 원주민은 태워버린다. 가장 흥미 있는 것은, 마다가스카르의 베스틸레로족의 관습으로서, 그들은 라만고ramango라는 직책을 가진 자를 두어, 왕족의 손톱과 발톱을 먹어 없애게

한다. — 두산백과, '손발톱 관련 민속' 중

'라만고'라는 단어를 본 순간 무릎을 쳤다. 그 어떤 소설
에도 나온 적이 없었던 독특한 설정이었다. 용서받지 못할
죄악을 저지른 인물들에게 초자연적 존재인 라만고의 저주
를 선물하면 어떨까. 그래서 손톱을 먹어 없애는 라만고를
주인공의 또 다른 자아로 설정하고, 소설의 말미에 이상의
시집 『오감도』 중 「시제15호」를 인용해 주제의식을 강화했
다. 결과는 그럭저럭 괜찮았다. 게다가 아무도 소설을 읽고
난 후 〈거울 속으로〉를 입에 올리지 않았다.

그에 비해 『삼악도』는 치열한 차별화 고민이 부족했다.
애초에 출간을 목적으로 썼던 소설이 아니라 독자들과 친
목을 도모할 목적으로 인터넷 카페에 손 가는 대로 연재했
던 터라 더욱 그랬다. 섣불리 세상에 내놓기에는 여러 모로
개성이 부족한 소설이었다.

내가 『한국 공포 문학 단편선』을 비롯한 몇몇 지면에 발
표했던 단편도 차별성의 유무에 따라 평가가 곧잘 엇갈리
곤 했다. 요즘 사회 문제가 되는 '로드 레이지'를 일찌감치
핵심 소재로 썼던 단편 「일방통행」은 그 소재만으로도 독
자들의 공감과 공분을 샀다. 비록 영화화는 되지 않았지만
「일방통행」은 한 영화사의 제의를 받아 중편소설로 확장해
영화화 원작 계약을 하기도 했다. 네이버 캐스트 '오늘의 문

학' 코너에 실렸던 「도둑놈의 갈고리」는 일명 '리벤지 포르노'로 고통받던 주인공과, 불특정 다수의 관음증이 낳은 폐해를 도둑놈의 갈고리라는 상징물로 풀어낸 복수극이다. 그 결과 많은 독자에게 호평받으며 당시 네이버 캐스트 오늘의 문학 사상 최다 조회 기록을 세우기도 했다. 반면 층간소음 문제를 소실이라는 테마와 결합한 「벽」이나 아동학대 문제를 인체발화로 풀어낸 「불」 같은 단편은 나름대로 애를 썼지만 기존 작품들과의 차별성이나 작품 자체의 완성도가 부족해 독자의 반응 역시 미미했다.

　공모전이 되었든 독자가 되었든 중요한 미덕은 차별성이다. 개성이 두드러지지 않으면 작가가 아무리 애를 써도 멋진 소설이 나오지 않는다.

　그렇다면 어떻게 해야 참신한 아이디어로 무장한 호러가 나올까. 나는 서로 결합한 적 없었던 두 아이디어를 결합하는 방법을 추천한다. 이를테면 번비와 연쇄살인마는 어떤가. 좀비와 연산군도 괜찮겠다. 어떤 식이든 좋다. 따로 놓고 보면 이미 독자에게 익숙한 아이니어라 해도 상관없다. 기존 작품에서 그 둘이 서로 결합한 적만 없으면 된다. 지금까지 한 번도 없었다면 금상첨화다. 진부한 아이디어도 제대로 결합하면 참신한 아이디어가 된다. 지금도 많은 이들이 애플의 CEO였던 스티브 잡스가 아이팟과 휴대폰, 인터넷을 하나로 결합한 아이폰을 발표하던 날을 21세기의 역사적 순간으로 손꼽는다.

내가 네이버에 연재하는 『나만의 스킨십 능력자들』은 능력자 배틀물에 스킨십이라는 아이디어를 결합한 웹소설이다. 웹소설 팀에서 홍보용으로 뽑아낸 "꽃미남 능력자들에겐 내 키스가 필요해!"라는 로그라인은 수많은 독자의 유입을 이끌어냈다. 아이작 마리온의 『웜 바디스』는 좀비라는 식상한 소재를 로미오와 줄리엣 플롯에 이식해 성공한 소설이다. '사랑하고 싶은 좀비'라는 콘셉트로 작가 본인이 직접 출연한 북트레일러를 유튜브에 공개한 아이작 마리온은 책을 출간하기도 전에 할리우드의 부름을 받았다.

작가의 실제 경험을 초자연적 현상과 결합하는 시도는 어떤가. 내가 쓴 호러 중 여러 작품의 토대는 바로 내 경험이었다. 「일방통행」은 일방통행로에서 역주행 운전자의 적반하장 역주행을 겪고 나서 쓰게 된 소설이고, 『삼악도』는 어느 영화감독의 각색 의뢰를 받고 영화사에서 작업한 후 시작한 소설이었다. 스티븐 킹의 『미저리』나 제임스 카메론의 영화 〈터미네이터〉(1984)는 악몽이 훌륭한 초안을 제공한 경우다. 작가의 독특한 경험에 초자연현상이나 낯선 아이디어를 결합하기만 해도 멋진 호러의 아이디어가 탄생한다.

호러를 아예 다른 장르와 결합하는 시도도 좋다. 『웜 바디스』나 영화 〈오싹한 연애〉(2011), 드라마 〈오! 나의 귀신

님〉은 호러와 로맨스의 결합 상품이다. 『한국 공포 문학 단편선』에 실린 박동식의 「모텔 탈출기」나 영화 〈이블 데드〉(1981), 〈데드 얼라이브〉(1992), 〈비틀쥬스〉(1988)는 호러에 블랙코미디를 결합한 경우다. 어떤 식의 결합이든 상관없다. 소설을 한두 문장으로 요약한 로그라인만 보고도 독자가 그 소설을 읽고 싶어 할 정도라면 절반은 성공한 셈이다.

시작은 흥미롭게, 결말은 매끈하게

서울창작에서 펴낸 『토탈 호러』라는 단편집에 실린 고마쓰 사쿄의 「흉폭한 입」은 "이유 따위는 없었다"라는 첫 문장을 읽는 순간부터 빠져드는 충격적인 호러다. "뭘 죽여본 적 있어?"라는 질문으로 시작하는 딘 R. 쿤츠의 『어둠의 소리』 역시 그랬다. 에드거 앨런 포가 남긴 주옥 같은 호러들은 하나같이 첫 장부터 흥미진진하다. 첫 문장이 흥미롭지 않다면 적어도 첫 문단, 첫 장은 독자를 소설로 끌어들여야 한다. 몇 장만 더 참고 읽으면 나중에는 정말 무서워진다고 장담하는 소설치고 제대로 된 호러를 본 적이 드물다. 무엇보다 요즘 독자들은 인내심이 그리 강하지 않다. 게임, 웹툰, SNS 등등 소설이 아니더라도 흥미를 잡아끄는 볼거리들은 널리고 널렸다.

　군더더기 없는 문장은 기본이다. 한글 워드에서 빨간 밑줄만 없앤다고 맞춤법에 맞는 소설이 되지는 않는다. 인터

x

넷으로 '맞춤법 검사기'를 검색해 복사, 붙여넣기만 해도 어지간한 맞춤법이나 띄어쓰기 오류는 잡아낸다. 웹소설 연재 게시판에든 공모전에든 소설을 독자에게 선보이기 전에는 문장부터 바로잡아야 한다. 문장이 엉망진창인 소설은 제아무리 흥미진진하고 무시무시한 이야기를 담고 있다 해도 읽고 싶은 마음이 들지 않는다. 한국문화예술위원회에서 운영하는 문학 사이트의 장르소설 게시판이나 몇몇 소규모 장르문학상의 심사를 맡아 본 결과, 호러를 쓰는 작가 지망생은 유독 문장이 부실한 경우가 많다.

호러는 사건이나 대화로 시작하는 편이 좋다. 그 사건이나 대화가 흥미나 호기심을 확 불러일으킨다면 더욱 좋다. 장황한 배경 묘사나 지루한 꿈 이야기로 시작하는 호러는 남녀 주인공이 뒤늦게 등장하는 로맨스만큼이나 지겹다.

시각만큼 중요한 지점은 끝맺음이다. 공모전에서 탈락하는 응모작들 중 대다수가 용두사미로 소설을 끝맺는다. 초중반을 읽으며 '오, 결말만 제대로라면 무조건 당선이겠다' 싶었던 소설도 안이하고 허무한 결말로 공든 탑을 무너뜨린다. 심지어 쓰다 만 듯한, 결말이 아예 없는 소설도 보았다. 호러의 결말은 군이 해피엔딩이 아니어도 상관없지만 적어도 작가가 판을 벌려놓고 수습은 나 몰라라 달아나는 듯한 인상을 주어서는 안 된다. 이야기를 끝맺기가 귀찮고 힘들더라도 인물들이 개연성도 없이 몽땅 죽는 결말은 피하는 편이 좋다. 나는『몸』의 여러 에피소드에서 그런 우를 범했다. 고백하건대, 나 역시 결말을 썩 잘 쓰는 작가는 아니다.『손톱』과『삼악도』를 읽은 독자 중 일부는 '기승전병'이라는 혹평까지 던졌다.『삼악도』의 경우, 출간 직후에야 더 나은 결말이 번쩍 떠올라 개정판을 내기로 결심했지만, 여태 1쇄도 팔리지 않은 상황이라 그마저도 말짱 허사가 되었다. 웹소설『마녀, 소녀』를 쓰면서도 완결이 다가올수록 속이 바짝바짝 타들어갔다. 안 그래도 조회수가 높지 않았던 소설이라 결말마저 엉망이라는 중평을 듣게 되면 다시는 네이버에서 웹소설을 연재하지 못하리라는 불안과 걱정이 밤잠을 깨웠다. 애초에 구상해둔 결말은 있었지만 그보다 훨씬 촘촘한 결말을 짜느라 몇 날 며칠을 지새웠다. 고심 끝에 내놓은『마녀, 소녀』의 결말은 독자들에게 호평받았고, 나는 완결 1년 만에 신작 웹소설『나만의 스킨십 능력자들』을 다시 네이버에서 연재하게 되었다.

　　호러의 결말은 미리 정해두는 편이 좋다. 뿌린 떡밥이나 복선이 있다면 결말을 맺기 전에 반드시 거둬들여야 한다. 1막에서 총이 나왔다면 반드시 3막에서 그 총을 사용해야 한다는 '체호프의 총'은 호러에도 아로새겨야 할 철칙이다. '마이크 해머 시리즈'를 쓴 미스터리 작가 미키 스필레인의 말대로 이야기의 첫 장 덕분에 책이 팔리지만, 마지막 장 덕분에 다음 책이 팔린다.

항상 귀를 열어두자

끝으로 여러분에게 건네는 조언은 늘 마음을 열어두라는 말이다. 아집과 독선에 사로잡혀 작가로 크지 못하고 시드는 호러 작가 지망생을 여럿 보았다. 자신의 소설에 혹평을 남긴 블로그를 순회하며 댓글로 변명을 늘어놓거나 설전을 벌이는 작가도 보았다. 예외도 있을지 모르지만, 대개 그런 작가는 작가로 오래가지 못한다. 되도록 여러 독자에게 자신의 소설을 보여주고 그들이 해주는 조언을 귀담아들어야 한다. 작가도 사람인지라 쓴소리를 들으면 속은 쓰리겠지만 그 쓴소리로 소설의 단점을 파악하고 개선하게 된다면 그 소리는 쓴소리가 아닌 단 소리다. 호러 작가에게 진정한 호러는 '악플'이 아니라 '무플'이다. 독자의 비판이 아니라 무관심을 두려워하라. 그래야 더 나은 소설을 쓰게 된다.

여러분의 문운을 빈다.

호러를 이해하는 데
도움이 되는 책

개론서와 트리비아

『죽음의 무도』 스티븐 킹 지음, 조재형 옮김, 황금가지, 2010

『환상문학의 거장들』 프랑수와 레이몽 외 지음, 고봉만 외 옮김, 자음과모음, 2001

『공포문학의 매혹』 H. P. 러브크래프드 지음, 홍인수 옮김, 북스피어, 2012

『호러국가 일본』 다카하시 도시오 지음, 김재원 외 옮김, 도서출판b, 2012

『일본의 도시괴담』 쓰네미쯔 토루 지음, 이현정 옮김, 다른세상, 2002

『뱀파이어 강의』 로렌스 A 릭켈스 지음, 정탄 옮김, 루비박스, 2009

『뱀파이어의 역사』 클로드 르쿠퇴 지음, 이선형 옮김, 푸른미디어, 2002

『언데드 백과사전』 밥 커랜 지음, 정탄 옮김, 책세상, 2010

『호러영화』 폴 웰스 지음, 손희정 옮김, 커뮤니케이션북스, 2011

『호러영화』 부천국제판타스틱영화제 엮음, 부천국제판타스틱영화제(사), 2013

『공포영화 서바이벌 핸드북』 세스 그레이엄 스미스 지음, 강상준 외 옮김,

프로파간다, 2013

『좀비 서바이벌 가이드』 맥스 브룩스 지음, 장성주 옮김, 황금가지, 2011

『좀비사전』 김봉석 · 임지희 지음, 프로파간다, 2013

『HR 기거』 HR 기거 지음, 김미리 옮김, 마로니에북스, 2010

『기예르모 델 토로의 창작 노트』 기예르모 델 토로 외 지음, 이시은 옮김, 중앙북스, 2015

『요재지이』(전6권) 포송령 지음, 김혜경 옮김, 민음사, 2002

『천사와 악마, 그림으로 읽기』 로사 조르지 지음, 정상희 옮김, 예경, 2010

『점성술, 마법, 연금술 그림으로 읽기』 마틸데 바티스티니 지음, 박찬원 옮김, 예경, 2010

『크툴루 신화 대사전』 고토 카츠 외 지음, 곽형준 옮김, AK, 2013

『크툴루 신화 사전』 모리세 료 지음, 김훈 옮김, 비즈앤비즈, 2014

고전 호러물

『세계 호러 단편 100선』 애드거 앨런 포 외 지음, 정진영 옮김, 책세상, 2005

『도털 호러』 아쿠타가와 류노스케 외 지음, 양혜윤 옮김, 세시, 2009

『괴담』 라프카디오 헌 지음, 심정명 옮김, 더스타일, 2013

『외과실』 이즈미 교카 지음, 심정명 옮김, 생각의나무, 2007

『하워드 필립스 러브크래프트』 H. P. 러브크래프트 지음, 김지현 옮김, 현대문학, 2014

『러브크래프트 전집』 H. P. 러브크래프트 지음, 정진영 외 옮김, 황금가지

『클라크 애슈턴 스미스 걸작선』 클라크 애슈턴 스미스 지음, 정진영 옮김, 황금가지, 2015

『몬터규 로즈 제임스』 몬터규 로즈 제임스 지음, 조호근 옮김, 현대문학, 2014

『대프니 듀 모리에』 대프니 듀 모리에 지음, 이상원 옮김, 현대문학, 2014

『우먼 인 블랙』 수전 힐 지음, 김수현, 문학동네, 2012

스티븐 킹의 공포물

『그것』 스티븐 킹 지음, 정진영 옮김, 황금가지,2004

『샤이닝』 스티븐 킹 지음, 이나경 옮김, 황금가지,2003

『캐리』 스티븐 킹 지음, 한기찬 옮김, 황금가지,2004

『옥수수 밭의 아이들』 스티븐 킹 지음, 영웅, 1995

『살렘스 롯』 스티븐 킹 지음, 한기찬 옮김, 황금가지,2005

『애완동물 공동묘지』 스티븐 킹 지음, 황유선 옮김, 황금가지,2006

『셀』 스티븐 킹 지음, 조영학 옮김, 황금가지,2006

『미저리』 스티븐 킹 지음, 조재형 옮김, 황금가지, 2004

『돌로레스 클레이본』 스티븐 킹 지음, 김승욱 옮김, 황금가지, 2003

뱀파이어물

『뱀파이어 걸작선』 브램 스토커 외 지음, 정진영 옮김, 책세상, 2006

『뱀파이어 연대기』 앤 라이스 지음, 박산호 옮김, 황매, 2011

『뱀파이어와의 인터뷰』 앤 라이스 지음, 김혜림 옮김, 황매, 2009

『스트레인』 기예르모 델 토로 외 지음, 조영학 옮김, 문학동네, 2009

『더 폴』 기예르모 델 토로 외 지음, 조영학 옮김, 문학동네, 2015

『블러드 더 라스트 뱀파이어』 오시이 마모루 지음, 황상훈 옮김, 황금가
지, 2008

좀비물

『THE 좀비스』 스티븐 킹 외 지음, 최필원 옮김, 북로드, 2015

『세계대전 Z』 맥스 브룩스 지음, 박산호 옮김, 황금가지, 2008

『종말일기 Z』 마넬 로우레이로 지음, 김순희 옮김, 황금가지, 2013

『하루 하루가 세상의 종말』 J. L. 본 지음, 김지현 옮김, 황금가지, 2009

서양 호러물

『살인예언자』 딘 R 쿤츠 지음, 공보경 옮김, 다산책방, 2014

『미드나이트 미트 트레인』 클라이브 바커 지음, 정탄 옮김, 끌림, 2009

『피의 책』 클라이브 바커 시음, 성탄 옮김, 끌림, 2009

『고스트 스토리』 피터 스트라우브 지음, 조영학 옮김, 황금가지, 2004

『로즈메리의 아기』 아이라 레빈 지음, 공보경 옮김, 황금가지, 2007

『로즈메리의 아들』 아이라 레빈 지음, 조지훈 옮김, 황금가지, 2013

『테러호의 악몽』 댄 시먼스 지음, 김미정 옮김,. 오픈하우스, 2015

『폴링 엔젤』 윌리엄 요르츠버그 지음, 최필원 옮김, 문학동네, 2009

『페러그린과 이상한 아이들의 집』 랜섬 릭스 지음, 이진 옮김, 폴라북스, 2011

『할로우 시티』 랜섬 릭스 지음, 이진 옮김, 폴라북스, 2014

『디센트』 제프 롱 지음, 최필원 옮김, 시작, 2009

『20세기 고스트』 조 힐 지음, 박현주 옮김, 비채, 2009

『하트 모양 상자』 조 힐 지음, 노진선 옮김, 비채, 2007

『고스트 라디오』 레오폴드 가우트 지음, 이원경 옮김, 문학동네, 2010

『더 스토어』 벤틀리 리틀 지음, 송경아 옮김, 황금가지, 2015

『나사의 회전』 헨리 제임스 지음, 최경도 옮김, 민음사, 2005

『폐허』 스콧 스미스 지음, 남문희 옮김, 비채, 2008

『차가운 피부』 알베르트 산체스 피뇰 지음, 유혜경 옮김, 들녘, 2007

일본형 호러물

『링』 스즈키 코지 지음, 김수영 옮김, 황금가지, 2015

『영선 가루카야 기담집』 오노 후유미 지음, 정경진 옮김, 한스미디어, 2016

『잔예』 오노 후유미 지음, 추지나 옮김, 북홀릭, 2014

『귀담백경』 오노 후유미 지음, 추지나 옮김, 북홀릭, 2014

『시귀』 오노 후유미 지음, 추지나 옮김, 북홀릭, 2012

『괴담의 집』 미쓰다 신조 지음, 현정수 옮김, 북로드, 2015

『테두리 없는 거울』 츠지무라 미즈키 지음, 박현미 옮김, 아르테, 2015

『여름 빛』 이누이 루카 지음, 추지나 옮김, 레드박스, 2014

『백귀야행』 교고쿠 나츠히코 지음, 김소연 옮김, 손안의책, 2013

『괴이』 미야베 미유키 지음, 김소연 옮김, 북스피어, 2008

『흑백』 미야베 미유키 지음, 김소연 옮김, 북스피어, 2012

『안주』 미야베 미유키 지음, 김소연 옮김, 북스피어, 2012

『음양사』 유메마쿠라 바쿠 지음, 김소연 옮김, 손안의책, 2003

『사국』 반도 마사코 지음, 권남희 옮김, 문학동네, 2010

『왕 게임』 카나자와 노부아키 지음, 야마다 JETA 그림, 이승원 옮김, AK, 2016

『유니버설 횡 메르카토르 지도의 독백』 하라야마 유메아키 지음, 권일영
옮김, 이미지박스, 2008

한국형 호러물

『한국 공포 문학 단편선』 김종일 외 지음, 황금가지, 2006

『이프』 이종호 지음, 황금가지, 2006

『모녀귀』 이종호 지음, 황금가지, 2011

『몸』 김종일 지음, 황금가지, 2005

『손톱』 김종일 지음, 랜덤하우스코리아, 2008

『좀비 그리고 생존자들의 섬』 백상준 지음, 황금가지, 2013

『무녀굴』 신진오 지음, 황금가지, 2010

국립중앙도서관 출판예정도서목록(CIP)

호러 / 지은이: 김봉석, 김종일. ― 서울 : 북바이북, 2016
  p. ;   cm. ― (웹소설 작가를 위한 장르 가이드 ; 7)

권말부록: 호러를 이해하는 데 도움이 되는 책
ISBN 979-11-85400-35-8 04800 : ₩9800
ISBN 979-11-85400-19-8 (세트) 04800

문학 장르[文學―]
추리 소설[推理小說]

802.3-KDC6
808.3-DDC23   CIP2016016217

웹소설 작가를 위한 장르 가이드 7
호러

2016년 7월 4일 1판 1쇄 인쇄
2016년 7월 12일 1판 1쇄 발행

지은이   김봉석, 김종일
펴낸이   한기호
펴낸곳   북바이북
         출판등록 2009년 5월 12일 제313-2009-100호
         주소 121-839 서울시 마포구 서교동 484-1 삼성빌딩A동 2층
         전화 02-336-5675 팩스 02-337-5347
         이메일   kpm@kpm21.co.kr
         홈페이지 www.kpm21.co.kr

ISBN 979-11-85400-35-8 04800
     979-11-85400-19-8 (세트)

북바이북은 한국출판마케팅연구소의 임프린트입니다.
책값은 뒤표지에 있습니다.